アフリカの海岸

ロドリゴ・レイローサ

杉山 晃訳

現代企画室

アフリカの海岸

La orilla africana

by Rodrigo Rey Rosa

目次

両親に

第1部

寒さ

1

　ハムサが目をさましたとき、外はまだ暗かった。東から吹きつける風は、木々の葉叢《はむら》を無数のマラカスのように鳴らした。そして断崖の岩場でも、ヒューヒュー音を立てた。断崖の下では、波が激しく砕け散った。ハムサは、洗面を済ませると、雄羊の皮の上で祈った。犠牲祭のときに生け贄《いにえ》に捧げた雄羊だった。それから、小さな火鉢の上でお茶をわかした。丸くて黒っぽいパンを切ると、ひとかけらをオリーブオイルの入ったカップに浸した。「アッラーの御名において」とつぶやくと、食べはじめた。

　空がわずかに白みはじめる頃、少年はシロキア山のふもとに向かった。きのうの夕方、小屋に戻る支度をしていたとき、行方不明の子羊をそこで最後に見かけたからだ。ハムサは断崖沿いの道を下りていった。カエルがまだ鳴いていた。ペルディカリスの廃屋の下を通ったあと、松林を抜ける道に入らずに、茂みの中を通っていくことにした。そこには獣道《けものみち》があり、以前にも、迷子になった羊を見つけたことがあった。棘《とげ》のある枝が、髪に絡まったり引っかかいたりするので、腕で顔を守りながら、薄暗い植物のトンネルを進んでいった。イノシシが出てくる心配はあったが、ハムサは怖くなかった。悪さをする悪魔《ジン》のことは気にしないでよかった。連中は棘をきらうのだ（だからイスラム教徒は、墓地にアザミがはえるのをいやがらない。死者たちが守られるからだ）。茂みは、朝露で湿《しめ》っていた。そして茂みの中は、松脂《まつやに》とマンネンロウ、それにヤマアラシの糞《ふん》のにおいがしていた。

茂みのむこうには、巨大な岩と荒々しい海があった。冷たい風は、上空のカモメたちを揺すぶった。ハムサは二度ほど子羊を呼んでから、傾斜した風景に目を凝らした。朝の日差しが、岩場の側面を照らしはじめていた。なんの反応もなかった。上にある小さな林にのぼってみた。スペイン・ヨットクラブの廃墟があるところだった。草に覆われたかつてのプールをのぞき込んだ。そこにも子羊の姿はなかった。けっきょく、波が打ちつける岩場へ下りることにした。

岩壁のへりに立ったとき、子羊を見つけた。数メートル下の、岩と岩のあいだにいた。砕け散る波しぶきが、断続的にそこまで届いていた。子羊は震えているようだった。どうしてそんなところへ迷い込んだのだろう、と首をかしげた。もしかしたら、クラブハウスの近くにある兵舎小屋の犬たちに追い立てられたのかもしれない。岩壁にぶら下がるようにして下りはじめた。危険な下降だった。ざらざらした岩肌に体をくっつけていると、高い木に登ったときのようにふるえた。足で岩の表面をさぐったが、足を引っかけるくぼみが見つからなかった。汗ばんだ手で岩の出っぱりにしがみついていた。ふいに背後でキジバトが飛んだ。ハムサはぎくりとして振り返ったが、そのとき、にぶい音がして岩の出っぱりがはがれた。ハムサは下の岩場に落ちたが、着地のとき、かかとにするどい痛みが走った。あたりを見まわした。

「**Yalatif.**（なんてことだ）」

ハムサが落ちたはずみで、子羊は海に転落した。

子羊は海中で小さな頭を波間から突き出してもがいていた。ハムサは子羊から目をはなさずに、大急ぎで服を脱ぎはじめた。ガンドゥーラ、ナイキのスニーカー、それに半ズボンを脱ぐと、アッラーの名を唱えて、海に飛び込んだ。

2

彼は子どものときからキフを吸いはじめた。祖母のファティマは、それをやめさせたくて、ついには草の粉末の上に少量の尿を垂らすようなことまでした。だが、その呪《まじな》いにはなんの効果もなかった。孫が雄羊の皮袋からキフをくすねるのを何度かみつけた。そのことを亡くなった父親のハミッドに話すと、子どもの父親はただ笑うだけだった。

「カエルの子はカエルさ」

ハムサはいまも毎日キフを吸っていた。シー・ムハンマド・ムラバティの羊を見張りながらキフを吸った。羊たちがアグラの山麓――タンジェとスパルテル岬のあいだにある――で草をはむのを飼い主は喜んだ。ハムサは平たい岩に腰を下ろして、ジブラルタル海峡入口の海を眺めながら、キフのパイプをくゆらせ、竪琴を弾いた。ときにはシンドゥックという大箱のような形をした岩まで下りることもあった。岩は半分ほど水没していた。そこから蜂蜜色やシナモン色を帯びた海岸の岩のあいだを、青くて重そうな海水が上下するのを眺めた。しかしここでは風の吹かない日でもないかぎり、キフを吸うことができなかった。東や北からの風に吹き飛ばされて、キフは海に落ちると、海中の臆病な生き物たちを興奮させた。そしてこちらの運も吹き飛ぶのだった。病気になり、頭の中は不純な考えでいっぱいになった。……モンテ・ビエホにあるシーディ・メスムディの小屋で夜を過ごさねばならなかったときもそうだった。チフスにかかってしまい、明け方になって、女が、黄色いターバンを巻いた老人に黒い雄鶏《おんどり》を差しだすのを見た。老人は服の下からナイフを取りだして、アッラーの名を唱えると、隠者の泉のそばにしゃがみこんで、雄鶏の首を切り裂いた。……黒い天幕の小屋のかげで羊と交わったときもそうだった。交わりながら、羊が女に姿を変えてくれないものかとしきりに願った。だが羊が決して身ごもったりしないという神の配慮にも感謝した。……ロバの糞《ふん》の中にペニスをうずめたときもそうだった。もっともっと大きくなってほしかったのだ。

3

ハムサは目を開けた。空は青い液体だった。そして海水は、思っていたほど冷たくなかったものの、無数の針や水泡のように肌をちくちく刺した。塩からい海水を吐き出すと、目をしばたたかせながら子羊の頭をさがした。ふた掻《か》きで子羊に追いついた。その筋張った体は、大きさのわりには思いのほか重かった。波が覆いかぶさってきて、ハムサの頭は海中に没した。海水がどっと鼻の奥に流れ込み、ひりひりした刺激がのどをおそったが、子羊をなんとか浮上させることができた。そして波立つ海上にそのまま持ち上げようと、懸命に足をばたつかせた。押し返す波は、岩場のあいだで渦を巻いた。ハムサは岩に叩きつけられないように気をつけながら、もういっぽうの腕を巧みに動かして、海岸に近づいた。先刻飛び込んだときの岩に手をかけた。そして岩のわきにまわると、荒々しい海をいくらか避けて、しばらく体を休めた。そこで子羊を肩にかつぐと、服を脱ぎ捨てた場所をめざして、岩場をのぼりはじめた。風は唸りながら上から吹きつけ、寒さが骨までしみた。毛から海水がしたたり、子羊は小さな水たまりに立って、電動のおもちゃのように震えた。日差しがわずかにその背に当たった。わきに立つハムサの顔にも、同じ日差しが当たっていた。

「Hamdul-láh（アッラーのご加護だ）」とハムサはつぶやいたが、とつぜん風が吹きつけ、岩の上の服が吹き飛ばされた。そして、放物線を描きながら海に落ちた。

「Shaitán!（悪魔め！）」

ハムサはふたたび海に飛び込んだ。

4

ハムサは子羊を肩に、小屋に引き返した。道すがら、スペインにいるハリッド伯父《おじ》さんのことを考えた。伯父さんは最後に帰省したとき、おみやげにナイキのスニーカー（まがい物）をプレゼントしてくれた。ハムサはそれを毎日のようにはいていた。遊び相手の年下の少年イスマイルは、うらやましそうに彼を見た。ずっとうらやましがられることになるぞと思った。なにしろ伯父は、おまえは将来金持ちになって、土地や家畜をいっぱい持つことになるよ、といってくれたのだ。父親は貧乏のまま死んだ。ハムサは大人になれば、祖父母であるファティマとアルティフォのめんどうを見なければならなかった。

ふたりは、モンテ・ビエホにある白人の屋敷の召使いだった。

「おまえは金持ちになりたいんだろ？」と伯父は彼に聞いた。

ハムサはしばらく考えてから、

「ああ、金持ちになりたい」と答えた。

仕事を手伝ってくれれば、金儲けができるぞ、と伯父はいった。難しくない仕事だった。あの海岸を誰よりも知っているハムサでなくてはできない仕事でもあった。ハムサをしのげるのは、せいぜい伯父ぐらいかもしれなかった。伯父も子どものころは、ハムサのように羊飼いだった。それから漁師になった。（そこは岩礁や岩だらけの危険な海岸だった。断崖が高くそびえ、斜面には多様な植物が生え、葉《は》叢《むら》は海風を受けていつも湿っていた）。

スペインへ旅立つ前の、ある日の午後、伯父はハムサの住む小屋にやってきた。幼《おさな》いイスマイルも来ており、日曜日に市場へ出す羊の選別を手伝っていた。

「Bghit n'hadar m'ak.（おまえに話がある）」と伯父はハムサにいった。「ちょっと話があるんだ」

ハムサがイスマイルに帰るようにいうと、少年は一目散に駆け出した。じきに大きな岩のむこうに姿を消した。伯父は、イチジクの古木の陰にあった台に腰を下ろした。ハムサは伯父の前にしゃがむと、汚れた手をガンドゥーラの裾で拭いた。

「Iyeh?（どうだい？）」

仕事はやれそうか？　ひと晩、沖合を見張っていればよかった。カディス［スペイン南西部の港町］を出発した高速艇が、彼、すなわちハリッドをのせて、こちらの海岸をめざしてくるから、懐中電灯で合図を送ってもらいたいというのだ。ひと晩ずっと起きていられるか？　警官たちや海岸線を監視する兵士たちに発見されるとまずいのでしっかり見張ってもらえるか？

だいじょうぶさ、とハムサは答えた。そして眠気を追い払うためのいろんな方法を思い出してみた。赤い蟻や、蟻塚の土に効き目があった。それを食べればよかった。フジツボの水を飲んでもよかった。あるいはフクロウの目玉でお守りをつくって、それを首にぶらさげる手もあったのだ。

「そうか、おまえならやってくれると思ってたよ」と伯父はいった。「おまえならこの世で成功するよ。車を何台も乗り回せるぞ。女も好きなだけ持てるぞ」。そこでにやっと笑った。「まあ、ろくなことはないけどな」

あと数日でスペインにもどるが、むこうから早いところ連絡するつもりだ。正確な場所と時間を打ち合わせて、こまかなことを詰めよう。

5

濡れた衣服は、風にあおられてほとんど乾いていた。ハムサはふだん、くねくねしたイチジクの木陰で休んだが、昼前に、子羊をそのわきの地面に置いた。子羊は激しく身震いしたかと思うと、クシュンとくしゃみをした。それから仲間のいる石とサンザシの囲いに駆けていった。そして柵のそばの日だまりに、ぶるぶる震えながら立ちつくした。

ハムサは小屋に入ると、お茶をもう少しいれようと、まだ消えていなかった火鉢の燠火《おきび》に息を吹きかけた。それから日なたに出て、キフのパイプを手にイチジクの木陰に腰を下ろした。だがキフを吸っているうちに、じきに頭痛がしてきた。寒さにやられたのだと思った。そいつが骨までしみ込んでくるはずだった。風は上空からなおも切りかかってきた。太陽が昇るにつれて、さらに激しさを増した。

午後になると、羊の群れを荒れ果てた屋敷の下にある牧草地につれていった。竪琴を持っていったが、弾かなかった。しきりに鼻水が出た。

太陽が丘のむこうに沈むと、ハムサはふたたび群れを囲いに追い立てた。

「さあ、さあ、行くんだ、さあ、さあ！」

頭数をかぞえてから、羊のミルクを鍋に入れて沸かした。ひと口ふた口飲むと、毛織りのハイク〔マント〕にくるまって、雄羊の皮のマットに倒れ込んだ。闇の中に横たわっていると、寒さが体の節々にくい込んでくるのがわかった。風の音でめまいがした。そのまま眠り込んだのだが、何度も落ちていくような感覚におそわれて目をさました。まぎれもなく病の中に沈み込んでいるのだった。よりによってこんな日に、伯父からの指令がきたらどうしようと思った。

夜が明けてからやっと目をさました。だいぶ遅かった。ぐっしょり汗をかいていた。イスマイルが小屋の垂れ幕を持ち上げて中をのぞき込んだ。朝の日差しで目がくらんだ。

「病気なの？」とイスマイルは聞いた。「どこが悪いの？」

ハムサは体を起こした。

「寒さにやられたよ」

少年は中に入って、ハムサのそばに腰を下ろすと、黙ったまま彼を見た。

「どうしたらいい？」

ハムサは目を開け、また閉じた。

「ミルクにハッカを入れて飲んだら」とイスマイルがいった。

「ミルクはあるけど、ハッカがない」

「こまったね」少年は立ち上がった。

「祖母《ばあ》ちゃんにひと束もらってきてくれ」

少年が出ていくと、ハムサはまた眠りに落ちた。剣で戦っている夢を見た。もっとも、その剣は、イ草か竹でできていた。やがて小石の雨が降ってきた。

「Aulidi.（ねえ、おまえ）」と祖母の声がした。だがハムサに向けられていたのではなかった。「おまえはシー・ムハンマドのところへ行って、ハムサが病気だから、代わりの羊番を寄こすようにいっておくれ。わたしはいまから屋敷にもどって、マダムにお願いしてみるよ（寛大な方《かた》だから、数日なら泊めてもかまわないといってくださるだろう）。そのあとで、タクシーでこの子を迎えにくるからね」

突っ立ったままのイスマイルにじっと見つめられて、老女はハッと気がついた。

「そうだった、お小遣いね。ほら、百フランだよ」子どもの小さな手に銅貨を一枚落とすと、小さな手はさっと閉じられた。

6

ハムサは物置小屋の中で、二日間高熱にうなされた。祖母はハッカを入れたミルクを用意して、ハムサにたっぷり飲ませた。ハッカ入りのクスクスも食べさせた。それから、雄羊の脂《あぶら》で体をこすってやったが、それにもハッカの粉を少し混ぜた。

「さあ、飲みな。早く治さなけりゃね」

シー・ムハンマドは、イスマイルを通じて、留守中はラルビ爺さんが群れの世話をするので、心配いらないといってきた。そして薬代として五十ディルハム送って寄こした。ファティマはキリスト教徒の薬を信用していなかったので、それを将来のために取っておくことにした。

三日目の朝、ハムサは起きあがって部屋を中を少し歩いてみた。まだ足取りはおぼつかなかったし、首や肩に痛みが残っていた。庭にも出てみた。東からの風はまだかなり強く吹いており、空には雲がなかった。だが、葉叢《はむら》にきらめく無数の太陽に、目が痛くなった。ハムサはあわてて引き返し、小屋の暗がりに避難した。

昼になると祖父がチキンのシチューを運んできて、ハムサと食事をした。

「もうだいじょうぶだ」と祖父はいった。「あすは仕事にもどれるぞ」。そういいながら上着のポケットから、パイプとひとつまみのキフが入った煙草入れを取りだした。しぶしぶとそれを絨毯《じゅうたん》の上に置いた。

「イスマイルがおまえにと持ってきたんだ」

日差しがやわらぎ、風もおさまった午後遅く、ハムサはふたたび庭に出た。そして庭の高いところに向かった。紫君子蘭《くんしらん》の花壇のむこうに南洋杉の古木があった。その近くに腰を下ろした。そこからは、庭の低い部分を仕切る竹柵のむこうに、タンジェの白い丘や海の切れ端が見えた。ふいに、庭の一角にある小さなゲストハウスから女の人が出てきた。ハムサはキフを吸うのをやめた。女は若くなかったが、年取ってもいなかった。ジーンズに白いシャツという姿だった。長い金色の髪は、濡れて、ほどかれたままだった。女はタイルの小径を通って庭を横切ると母屋に入った。ハムサはキフのパイプを口にはこんだ。こんどはマグレブ人のような男が離れから出てきた。しかし歩き方や服装からするとどうやらヨーロッパ人のようだった。女のあとを追うように砂利の小径を進んだ。「売女め」とハムサは心の中でつぶやいた。しばらくすると、マダム・シュワゼールの車のエンジンがかかる音がした。ファティマが門を開けるようにと叫ぶ声も聞こえてきた。アルティフォにいっているのだった。やがて車の音は、下に広がるまちへ向かって遠ざかっていった。ハムサはキフを吸いながら、自分がすでに金持ちで、目の前の庭が自分のものだと夢想するのだった。

7

フクロウの目

庭には誰もいなかった。ライオンの頭部をかたどった水盤のわきに、ツルが一羽いた。午後の陽差しの中で、その白さが際立った。ハムサが客用の離れに向かって小径を下りると、ツルは舞い上がった。ハムサは、小さな離れをぐるっとまわり、窓のひとつから中をのぞき込んだ。椅子の背もたれの上に、フクロウが一羽とまっていた。床《ゆか》に新聞紙が敷かれているのが見えた。フクロウの片方の羽が垂れ下がっていた。眠っているように見えた。ハムサは、指でトントンと窓ガラスを叩いた。フクロウはぐるっと首をめぐらすと、ハムサを見た。

「Yunk.（やあ）」とハムサは声をかけた。「Yunk.」

フクロウは夜行性の鳥で、暗がりの中でも見える。だから、徹夜をするとき、フクロウを捕《つか》まえて、その目玉を抜き取る者がいた。それを茹《ゆ》でて食べるのだ。なかには、片方の目玉でお守りをつくって、胸にぶら下げる者もいた。睡魔を追い払えると信じているのだ。

ハムサは、物置小屋に引き返した。そして、キフを吸いながら、どうしたものか思案した。

8

ハムサは、ふたたび物置小屋から出てきた。大きく迂回してから、もう一度、離れに向かった。フクロウをしばるための縄の切れ端と、薪《まき》の入ったかごを手にしていた。新しいモスクのムアッザン〔詠唱係〕は、礼拝の時間を告げていた。ユーカリの色とりどりの幹のあいだから、祖父の姿が見えた。ござの上にぬかずいて、礼拝に没頭していた。ハムサは敷石の小径を下りていった。途中で一度ふりかえって、母屋を見た。どこにも人影はなかった。だが誰もいないとはいえなかった。マダム・シュワゼールの部屋は、庭のこちら側に向いていた。それに午後の光の中で、窓ガラスは鏡のようにきらめいて、空とユーカリの梢《こずえ》を映しだしていた。キリスト教徒の女主人が、あの窓辺にいないともかぎらなかった。ハムサは、一瞬ためらったが、《Bismil-láh.（アッラーの御名において）》とつぶやくと、離れのドアを押して、中に入った。急いでドアを閉めた。

フクロウは、首をまわして、ハムサを見た。けがをしていないほうの羽をあげて、くちばしを開いた。

ハムサは、片方の手に縄の切れ端を、もう一方の手に薪の入ったかごをもって、歩きだした。かごを床《ゆか》の上に置くと薪を取りだして、暖炉のわきにあった別の籐のかごに移した。作業が終わると、フクロウに近づいた。羽が片方折れていることに気づいた。首根っこをつかんで足に縄をかけた。フクロウはおとなしく、されるがままになっていた。ハムサは、フクロウをかごの中に入れると、まわりを見まわしてから窓に歩み寄り、戸を開け放った。ひんやりした風が部屋に流れ込んだ。

9

ラルビ爺さんは、イチジクの木陰でキフを吸っていた。ハムサが小屋のむこうから姿をあらわすと、ほんのわずかに目を上げた。ハムサは、フクロウを洗濯物の中に隠していた。

「Salaam aleikum.（こんにちは）」

「Aleikum salaam.（やあ、帰ってきたか）」

ラルビ爺さんは立ち上がって、小屋に入ると、荷物をまとめて帰り支度をはじめた。愛想のない爺さんだった。ハムサは、自分が仮病を使ったと勘ぐっているのだろうと思った。

「家畜のめんどうはうまくいった？」

「まあ、なんとかな」

「Hamdul-lāh.（そりゃいい）」

「イスマイルは？」

「知らない。来なかったな」

「見かけたら、待ってるといってよ。手伝ってもらいたいことがあるんだ」

爺さんは思わせぶりな笑いを浮かべた。

「Uaja.（わかった）」というと、きびすを返して、小径をのぼりはじめた。

ハムサは小屋に入って、洗濯物の中からフクロウを出してやった。それから片隅へ行き、Y字形の杭を地面に突き立てた。フクロウをつないでおくためのひもも杭にくくりつけた。フクロウは、止まり木に飛びついて、くちばしを開いた。

ハムサは羊の皮の上に寝そべると、パイプにキフを詰めながら、イスマイルがくるのを待った。

「元気になったよ」イスマイルが小屋に入ってくると、ハムサはそう彼にいった。

幼い少年は、止まり木のフクロウに目を向けた。フクロウは、目を閉じ、片方の羽が垂れ下がっていた。

「もうじき殺すつもりだ。片方の目玉を食うのさ」とハムサはいった。「そして、もう片方の目玉で、お守りをつくるよ」

イスマイルは、青ざめるようだった。

「かわいそうだよ」

「こっちへこいよ」とハムサは、手を振り下ろすような仕草をした。

少年がそばに寄ると、ハムサはその腕をつかんだ。そして、荒々しく引き寄せながら、もう一方の手でガンドゥーラの裾をたくし上げた。

第2部

10

頭の上部に突き刺すような痛みを感じて、彼は目を覚ました。アトラスという名のホテルにいるのだと思いだしながら、シーツの中で寝返りを打った。だが、ゆうべ、どこで何をしたのか、思い出せなかった。

前夜の記憶はブラックボックスの中に消えてしまったが、自分がまた飲み過ぎてしまったのはわかっていた。首を振りながら、ベッドのへりに座った。受話器をとって、旅行仲間のウリーセスとビクトルの部屋に電話を入れた。しかし、返事がなかった。フロントに問い合わせると、ふたりは昨夜もどってこなかったということだった。

立ち上がると、窓に歩み寄って、赤い血の色をしたカーテンを開けた。が、すぐに後悔した。アフリカの真昼の光がその目に突き刺さった。指を二本、後頭部まで差し込まれたように感じた。ベッドにもどると、どっと倒れ込んで、ふたつの枕のあいだに頭を埋《うず》めた。

そのとき、ふいに記憶がよみがえった。赤と黒の小さな映像が、脳裏に浮かんだ。ふたりの女がどんよりとした光と影の中で笑っていた。ふたりは、煙草の煙をくゆらせ、ビールを飲んだ。ウリーセスとビクトルもその場にいた。ほかにも何人かの女が、いや、おおぜいの女たちがいた。そして、天井のクリスタルボールから、四方八方にきらめく光の矢が放たれるのだった。音の記憶もよみがえった。モロッコのバイオリンと太鼓の派手な音楽が、がんがん鳴っていた。女たちの悲鳴や金切り声を掻き消すための音楽のようだった。

「ナディア」

「アイシャ」

互いの頬にあいさつのキス。飲み物と煙草のオーダー。やがて、近くのテーブルで口論。ひとりの女が、別の女を指さして、わめく。

「梅毒よ！」

喧嘩がはじまった。

それから、もう一軒の酒場。最初の酒場によく似た店……。

やがて、ふたつのタクシーに分かれて乗った。彼とふたりの友人、それに三人の女は、車で郊外に向かった。ホテルのフロントで、警官のような風貌の男が、金とパスポートの提示を求めてきた。

「そうだ。パスポートだ……！」とうめくように彼はつぶやいた。そして、ベッドから起きあがって、椅子の背もたれにひっかけた上着とズボンのポケットをさぐった。服にはかび臭い煙草のにおいが染み込んでいた。スーツケースの中もひっくり返してみた。その間にも、ホテルでの一件が思い出された。後悔の念と苛立たしさがこみあげた。ウリーセスとビクトルは、それぞれ、相方《あいかた》を連れて、エレベーターに向った。だが、かたわらの女は、ポケットをさぐりつづける彼を、眉根にしわを寄せてにらみつけた。受付のアラブ男も、蔑むような目を彼に向けた。

その日は、金曜日であった。近くのモスクから、正午の礼拝を知らせるムアッザンの詠唱が聞こえた。善良なイスラム教徒たちは、絨毯の上にひざまずいた。その間、彼はゆっくりとシャワーを浴びて、けっきょくホテルの湯を使いはたしてしまった。大きな白いバスタオルを体に巻いて、シャワールームから出てくると、そのままベッドに横たわった。それから受話器をとって、交換台の男に、コロンビア領事館の電話番号を尋ねた。教えられた番号をまわしたが、誰も出てこなかった。

着替えて、フロントに下りた。領事館の住所を書き取ってから、係員に道順を聞いた。

「これはカスバのあたりです」と男はいった。「しかし、きょうは金曜日で、もうこんな時間ですからね」。時計をのぞき込んだ。「たぶんもう受けつけてはくれないでしょう」

「ファックスを送りたいんだ」

「こちらからも送れますが、料金は、ちょっと割高です。街のテレ・ブティックを利用したほうが安あがりです。この近くにも何軒かあります」

ホテルを出るとき、あのモロッコ人の助言は、親切心からではなく、怠惰から出たものだろうと思った。ムサ・ベン・ヌサイル通りは、閑散としていた。モロッコでは金曜日は、特別な日であることを思い出した。人びとはモスクで、イマーム［導師］の説教に聴き入っているはずだった。イマームたちは最近、政府や王室にたいして、非難の調子を強めているという話だった。それにしても、友人たちはいまごろ、ベッドの中で楽しくやっているはずだった。彼らが手に入れる快楽と嫌悪の収支は、どんな案配だろうと自問した。かつてはベラスケス通りと呼ばれ、いまはアラブの名前がついた街路をくだっていった。その先に、前に一度利用したことのあるファロというテレ・ブティックがあった。頭の中で自宅に送る文面を考えた。うそをつかねばならないので、少々気が重かったが、帰国が遅れることに関して、もはやいいわけをしなくてもよくなったので、安堵もしていたのだ。

11

ホテルに帰ったビクトルとウリーセスは、シャワーを浴びて、さっぱりとした姿でウイスキーを飲んでいた。

「やあ、元気かい？　どこに行ってたんだ？」ウリーセスはアルゼンチン訛《なま》りを装って、尋ねた。「パスポートはみつかったのか？」

「いや」彼は、ソファーにどっと座り込んだ。ビクトルが、小さなグラスにウイスキーを少し注いでやった。

「どうするつもりだい？」とウリーセスが聞いた。

「残るほかないな」小さく笑ってみせた。「で、君たちは？　ゆうべ、ご機嫌だったんだな」

ビクトルは肩をすくめ、両手を持ちあげた。「まあまあかな」

「おれは」とウリーセスが口をはさんだ。「天国だったよ」

「この女たらしめ」とビクトル。

「仕方ないじゃないか。こういうときは、うんと楽しまなきゃな。それに、あの子たちは、まったくの娼婦ってわけじゃないからな。まあ、コロンビアでいう娼婦とは違う。けっこう違うんだ」

「ほう？　どんなふうに違うんだ？」と彼は聞いた。

ウリーセスが無視できるような質問ではなかった。ウリーセスは部屋の中を行ったり来たりしはじめた。もし中等学校の、あの老哲学教師がいっていたように、結婚と売春がよき社会の表と裏をなすならば、一夫多妻の社会は、当然のように、異なった種類の娼婦を生み出すはずだ。やはり哀しい存在にちがいないだろうが、どちらがましだろう、と自問するのだった。

「それが違法かどうかはさておいて」とウリーセスは話をつづけた。「いくらかの金と引き替えに、そうした女たちの世話になるのは、どこまでまっとうなことなのか……。でもまあ、それはどうでもいい。この国じゃ、体を売って、持参金をかせぐ子がけっこういる。持参金がないと、結婚できないからな。結婚すれば、あとは地道にやっていける。まあ、むりもないさ。モロッコの女の子の立場になってみろよ。美人だけど、貧乏だったら、どうすりゃいい？」

「おまえと寝ればいいのさ。おい、ウリーセス、何をセンチなことをぬかしてるんだ」とビクトルはいった。「それに、持参金うんぬんってのは、ここじゃ逆だぜ。払うのは男のほうだ」

ウリーセスは仰向けになってベッドに倒れ込んだ。

「ほんとうかよ。でもまあ、あの子は、ナディアって名前だけど、いい女だったんだ。やさしくて……」

「また会うのかい？」

ウリーセスはベッドから起きあがった。

「むりだろうな。明日の朝いちばんの飛行機だ。それで、おまえはどうするんだ？」

「残るよ。仕方がないさ。……発つ前になんとか会えないのか？」

「寝てるさ。夜中に仕事をして、昼間ずっと寝てるんだ。そういう時間帯で働かされてるのさ。かたぎの人間と会わずにすむようにな」

「おやおや」とビクトルはいった。「この男、ぞっこん惚れ込んだようだ。何をしてもらったんだ？」

ウリーセスは目を閉じ、満ち足りた表情を浮かべた。

「よかったなあ。あれほどの女は、いないよ」

「こいつにパスポートをやって、おまえが残ったらどうだ？　こいつにはカリで待ってる奥さんがいるんだから」

ウリーセスは少し考え込んでから、口を開いた。

「残りたいとこだよ。だけど、仕事があるからな」

12

彼はふたたびベラスケス通りをのぼりはじめた。パスツール大通りやファロ広場のほうに向かった。ファロ広場は閑散としていた。ポルトガル軍が残した大砲のまわりに、靴みがきや写真屋がいるだけだった。商店はどれも、シャッターを下ろし、フランス領事館では、何羽かのツバメが、朝早くから庭の樫《かし》の木の上を滑空していた。気ままに歩くつもりで、リベルター通りへ折れると、そのままグラン・ソッコの市場のほうへ通りを下《くだ》っていった。ホテル・ミンザーを過ぎると、ふと一軒の店の前で足を止めた。ショーウィンドウの中で、ベルベル人のナイフや腕輪や首飾りがほこりを被って、買い手を待っていた。また歩きだした。古い市場のコンクリートの広場を横切ると、カンポの門から旧市街メディナに入った。そして、プチ・ソッコをめざして、プラテーロス〔銀細工師〕街をさらに下っていった。こちらの通りには、それなりの人通りがあった。水売りが、山羊の皮袋に入った水を、金属の椀に注いでいるのが見えた。若い女たち（ベールを被っている者もいれば、そうでない者もいた）が、こちらにちらちら視線を走らせた。やはり彼女たちの目つきは印象的だ。プチ・ソッコの四角い広場の真ん中で足を止めると、無精ひげを生やした、青ざめた顔のやせたモロッコ人が寄ってきて、何をさがしているのかと聞いた。何も答えずに、まわりを見まわし、広場の上のカフェに向かった。日差しの当たる小さなテーブルに腰を下ろした。

カフェの中から、ときおりエジプト音楽とテレビの音が聞こえてきた。あたりには、さまざまなにおいが入り混じっていた。オレンジやハッカ、揚げ物のにおいなどだ。キフの香りも漂ってきた。キフを吸いたいと思いながら、胸いっぱいに息を吸い込んだ。手をあげ、ウエイターを呼ぶと、コカコーラをたのんだ。

目の前の広場を、モロッコ人がしきりに行き交った。その数はどんどん増えていくようだった。これではモスクが空っぽになるな、と思った。誰かの目に似た目を、見知らぬ顔の中に見つけたりした。鼻もそうだった。似た鼻が、思わぬ人のせまい額の下にあったりした。いろんな人間の顔が、雑多に混ざり合い、無頓着で多作な絵描きのスケッチブックを思わせた。

しばらくすると地味な身なりのモロッコ人が、カフェのテラスに上がってきて、となりのテーブルに座った。こちらをふりむくと、スペイン語で話しかけてきた。

「失礼だが、以前どこかでお会いしましたか？」

「会ってないと思うね」

「スペイン人で？」

「いや」と答えて、ふたたび広場に目を向けた。

「知り合いによく似ていたので」

彼のテーブルから、さっき広場で話しかけてきた男の姿が見えた。男は街角に立って、壁に寄りかかっていた。前に置いた木箱の上には、幾種類もの密輸煙草があった。ウェイターが戻ってくる前に、男は髪の長い観光客と取り引きをした。モロッコ人の子どもが連れてきた客だった。広場の中央でその客と二言三言交わしてから、せまい路地に案内した。そこで何かの密売がおこなわれるのだろう。

彼はとなりにいるモロッコ人に小さな声で聞いた。

「煙草の男だけど、何を売ってるんだろう?」

「ドラッグだね」

「どんな?」

「何でも。ハシシ、コカイン、阿片《あへん》。ないものはないね」

「キフは?」

男は笑った。

「キフはないだろうな。いまじゃ年寄りしか吸わないからね。どこから?」

「コロンビア」

「なるほど」とモロッコ人はいった。「麻薬マフィアのコロンビア」

「そういうことだ」

男が手を差しだしたので、彼も仕方なくそれに応じた。

「よろしく」男は手にぐっと力を込めた。「ラシッドっていうんだ」。ひと呼吸おいてから聞いた。「観光で？」

「いや、そうじゃない」

「商売？」

「まあ、そんなとこだ」

「タンジェには、いつまで？」

「さあ、わからない」

「何か力になれることがあれば、遠慮なくいってくれ。たいがいこの近くにいるから」

「キフが欲しいんだが」といった。

「なるほど」

「危ないのか？」

「危ない？　キフが？　そうじゃない。おれは吸わないが。刈ってこなくちゃならないんだ。どれぐらい欲しい？」

「五十ディルハム」

「じゃ、その五十ディルハムをもらおう」

「何だって？」

「キフが欲しいんだろ？　五十ディルハムを出すんだ」

「いつもらえる？」

「明日だ。いまごろの時間に」

しばらく沈黙が流れた。やがて彼は立ち上がると、ラシッドのテーブルの上に五十ディルハムを差しだした。

「じゃ、あしたまた会おう」

13

この時間には、小さな商店はそろって開いていた。猫の額ほどの小さな宝石店や時計店は、金色の商品で光り輝いていた。観光客めあてのバザールやモロッコ皮の店もあった。中途半端な一日になってしまったな、と思った。旧市街メディナから出る前に、しばらくほの暗い路地を歩いてみることにした。トンネルのような路地は、軒先の低い家並みや商店のあいだを上がったり下がったりしながらつづいていた。店からネオンの光があふれ、路地にはさまざまなにおいが流れていた。そして子どもたちは、気ままに近所の家を出たり入ったりするのだった。城壁のわきにあった小便臭い階段を下りると、ようやく真っ直ぐな広い通りに出た。むかしのイタリア通りだった。のぼり坂で、両側に並木と小さなアラブ商店がつづいていた。堆《うずたか》く積まれた鍋や皿、プラスチックの造花、毛糸の玉、ござ、天幕やバルコニーからぶら下がる靴の束などなど。路上には散髪屋の姿もあった。映画館からは、戦争映画の銃声が漏れ、カフェのテラスからミントティーや煙草のにおいが流れてきた。薬草店のショーケースの前で足を止めた。中に入ると、壁にハリネズミやヘビの皮がぶら下がり、いささかグロテスクなタカ（目がくり抜かれていた）の剝製《はくせい》が目についた。

「あれ、何に使うんだ？」

「香を焚《た》くんですよ」と店員は答えた。話好きのように見えた。

店を出ると、グラン・ソッコにむかって坂をのぼりつづけた。メンドゥビア庭園の柵に沿って歩いた。庭園の木々の上を、おびただしい数のツバメが、渦を描きながらにぎやかに飛び回っていた。

14

彼は、イタリア通りの階段をほとんど駆けるように下りた。名誉領事のいましがたの話に半ば興奮し、半ば腹を立てていた。領事は新しいパスポートを用意するには、数週間かかる、といったのだった。

領事館は、カスバの入口をなすアーケードの上に建てられた小さなアパートだった。待合室を兼ねた書斎からは、港と湾、それに明るいメディナが見渡せた。そして、糸杉や薔薇《ばら》の咲く庭に面した執務室からは、新市街のかなり広い区域が見えた。市街を囲むように連なるラクダ色の丘陵や、そのずっとむこうにリフ山脈の斜面も見晴らせた。領事は、これまで一度もコロンビアに行ったことがないし、これからも行くつもりはないといった。領事はアメリカ人だった。そして人生の奇妙な巡り合わせのせいで、その町に流れ着いたのだ。だがそれはもうどうでもよいことだった。町はもはやむかしの面影をとどめていなかった。領事によれば、モロッコ人の知能は、後退する一方だそうだ。「どうしようもない連中さ」と領事はいった。「フランス人たちはそのことをよく知ってたんだろう。あいつらにはあれをする以外に能がないんだ」。そして不謹慎な発言を強調するために片手で口を覆った。

ドアの表札をそのままにしているのも、問い合わせの手紙を、おっくうがりながらも読んだり返事を書いたりしているのも、肩書きが気に入っているからだ。それに、ときたま人が訪ねてくれるのはわるくない。

「とりわけあなたのような男前で教養ある客人は大歓迎だ」と言い添えて、その性的な嗜好《しこう》を暗にほのめかした。「そういうわけで、ここの暮らしが気に入るといいんだがね。まあ、またいつでも寄ってくれたまえ」。そういいながら、やわらかな手を差しだした。

通りを歩いていくと、薬草店の前の歩道に、かごを手にした貧しい身なりの少年を見かけた。フクロウを売っていた。

足を止め、フクロウをよく見ようと、身を屈めてかごの中をのぞき込んだ。フクロウは、「チ、チチッ」と鳴いた。黄土色の円に囲まれた黒い大きな目をこちらに向けた。老女のような小さな顔は、羽で縁取られ、周囲のささいな動きに合わせて、しきりに頭を動かした。

「触ってもいいか?」と聞いてみたが、少年には通じないだろうと思った。

「だいじょうぶ、サワル」と少年は答えた。

手をのばして頭を撫でると、フクロウは観念したように目を閉じた。「チ、チチッ」。黄褐色の翼にも触れてみた。羽がやわらかく幾重にも重なり、背中には、涙の形をした模様があった。鳥は上体を起こして、少年を見た。

「いくら？」

「Mía dirham.」と少年は答えた。

「わからないな」

「セント、セント〔百〕」

口もとがほころんだ。

「五十だな」というと、子どものように両手で五十まで数えた。

少年は薬草店に目を向け、頭をかいた。やがて薄汚れた小さな手を差しだした。

「Ara hamsín.（じゃ五十でいいよ）」

少年はお金をポケットにしまうと、フクロウを持ち上げた。羽毛で覆われた脚は、縄の切れ端で縛られていた。彼は両手でフクロウを受け取ると、「心配ないよ。いい子だね」と声をかけながら、胸に抱き寄せた。そしてしっかりと手で支えながら、人びとでごった返す通りをのぼりはじめた。ふと通りの喧噪が、にわかに激しさを増したように感じられた。

15

彼はアトラス・ホテルの部屋でフクロウの脚をほどくと、化粧台の上にのせた。フクロウはこわばった羽をぎこちなくパタパタさせた。それからひょいと肘掛け椅子の背もたれに飛んでいった。かぎ爪でしっかりと背もたれにつかまると、一回大きく頭を振りたててから、大きな目で食い入るように彼を見た。おれの顔をおぼえるつもりだな、と彼は心の中で思った。フクロウは丸みをおびた大きな翼《つばさ》を広げると、「キウーク」と二回鳴いた。やがて彼は、化粧台からバルコニーにむかって部屋を横切ったが、フクロウは頭をまわしながらその動きを追った。カーテンを開けると、フクロウは目をしばたたかせた。ベッドへ歩いていき、腰を下ろしたが、フクロウはこんども頭をまわして彼の動きを追い、そのあともじっと見つめつづけた。靴を脱ぐと、彼はベッドに倒れ込んだ。フクロウは頭を小刻みに振りながら、その動きのひとつひとつを見ていた。

目をさますと、顔を羽根枕にうずめていた。片方の肩に重みを感じた。ゆっくりふりむくと、フクロウの顔に出くわした。フクロウはどこか人間めいた不思議そうな顔で彼を見た。「やあ、チビちゃん」と彼は声をかけた。あおむけになると、フクロウは腰のあたりに飛んできた。そして曲がった白いくちばしを開けた。閉じてからまた開けた。「わかったよ、チビちゃん。食べ物をさがしてくるよ」。ベッドの上で体を起こすと、フクロウはさらに飛んで、肘掛け椅子の背もたれにとまった。彼はいそいで靴をはくと、立ち上がった。「すぐもどるからね」とフクロウにいった。

真夜中近くだった。ホテルの守衛は、ロビーの椅子に座ってうとうとしていた。彼に気づいてあわてたように起きあがると、入口のかんぬきをはずし、扉を開けた。

「M'saljeir（行ってらっしゃい）」と客にいった。

その時間になると、街は地中海というより中近東の街並みを思わせた。食べ物の屋台が並び、売店はどこか病的なネオンの光にあふれていた。通りは車の排気ガスと焦げた肉のにおいがした。モロッコ人に追い払われた猫は、昼間、あまりそのあたりで見かけることはなかったが、夜はどうやら悠然と歩道を占領しているようだった。彼らのじゃまをする人間はいなかった。（「暗がりで猫を蹴るやつはいないからな」）。

《本当の自分になれ》――パストゥール通りのショーウインドウにあったラコステの広告がそう呼びかけていた。ウィンピ・バーガーの看板は、むかいの歩道で煌々《こうこう》と輝いていた。空車のタクシーがのんびりと走る通りを横切ると、彼はムスリムの経営する小さな食堂に入った。

「Kefta?（羊の挽肉かい？）」ショーケースの中をのぞき込みながら聞いた。金属の大皿に挽肉《ひきにく》が山と

郵便はがき

料金受取人払

神田局承認

1513

差出有効期間
2002年5月
19日まで
(切手はいり
ません)

101-8791

004

(受取人)

東京都千代田区猿楽町二の二の五
興新ビル三〇二号

現代企画室 行

■お名前

■ご住所（〒　　　　　　　　　　）

■E-mailアドレス

■お買い上げ書店名（所在地）

■お買い上げ書籍名

■図書申込書■

小社の刊行物のご注文にご利用ください。その際、必ず書店名をご記入ください。

現代企画室
TEL 03（3293）9539
FAX 03（3293）2735

地名

書店名

書名		
	（　）冊	（　）冊

ご氏名／ご住所

通信欄

■本書への批判・感想、著者への質問、小社への意見・テーマの提案など、ご自由にお書きください。

■何により、本書をお知りになりましたか？
書店店頭・目録・書評・新聞広告・
その他（　　　　　　　　）

■小社の刊行物で、すでにご購入のものがございましたら、書名をお書きください。

■小社の図書目録をご希望になりますか？
はい・いいえ

■このカードをお出しいただいたのは、
はじめて・　　　回目

盛られ、まわりにジュスドールとファンタの缶が並び、上に赤いトマトがのせてあった。

「スペイン人？」

「ああ。挽肉を少しもらいたいんだ。生《なま》のがいい」

「どれくらい？」

「五百」

モロッコ人は赤い肉のかたまりをつかむと、小さな大理石のテーブルの上でそれを量った。それからいくつかに切ってから、挽肉機の中に入れた。出てきたミンチのかたまりを紙にくるむと、小さなビニール袋に入れて、模造大理石のカウンターの上に置いた。

「Báraca l-lāh u fik.（ありがとう）」

「B'saha.（どういたしまして）」

ホテルにもどると、化粧台の上で包みを開いた。肉の中に香草やパセリの切れ端が混じっているのを見て、眉をひそめた。指で挽肉を少しつまむと、手の平で形を整えながら小さなボールをつくり、それをフクロウの口に近づけた。フクロウはいつのまにか椅子の背もたれからベッドの枕元の上のブリキのスタンドに移っていた。

「こら」といって、フクロウを追い払った。「そこはだめだ。食事の時間だぞ」

フクロウは飛んで、肘掛け椅子の背もたれにもどった。彼が肉を差しだしながら近づくと、待ち遠しそうにくちばしを開けた。そして肉の小さな丸いかたまりをわけなくのみ込んだ。ふたたびくちばしを開け、餌《えさ》をせがんだ。

「よし、腹いっぱい食ったよな」肉をほとんど食べ尽くしたところでそう声をかけた。「今度はおれの番だ」。バスルームへ行って手を洗った。それから表に出て、レストランをめざした。

戻ってきたときフクロウはまたも枕元のスタンドにとまっていた。

「おい、おい、そりゃないぜ」枕の上の、緑色がかったどろっとした染《し》みを見て叫んだ。そして怒ったように腕をふりあげながら、さらに怒鳴った。「こらっ、あっちへ行け!」

フクロウはくちばしを開け、威嚇するように羽を広げてから、椅子のほうへ飛んだ。そこで短くて丸い尾羽を持ち上げると、モロッコ絨毯の上にまたも緑色がかった液体を垂らした。

「なるほど。この先が思いやられるよ」

彼はシャツの袖をまくると、枕カバーをはがしはじめた。

フクロウはホーホーと鳴いた。

16

フクロウをバスルームに閉じこめると、取り散らかった部屋をそのままにして――枕カバーは片隅に丸められ、一部だけ洗った絨毯はテラスに出してあった――彼は朝食をとりに出かけた。プラスチックの白いテーブルが並ぶカフェ・ジリャブの広々としたテラスでは、朝日がすべてをオレンジ色に染めていた。遠くにムーサ山、アフリカの海岸に横たわるヘラクレスの白っぽい柱が見えた。白い船が泡立つ長い航跡をのこしながらジブラルタル海峡に向かって通りすぎていく。彼はサングラスを外して、満ち足りた幸福な気分で、その眺めに見とれた。

ホテルにもどる前に、活気のあるグラン・ソッコに下りてみた。市場の入口では、つば広の帽子をかぶった田舎の女たちがまるい大型パンやできたてのカテージチーズを売っていた。中に入ると、花や牛乳、生肉のにおいがした。肉の売店へ行って、鶏のモツを注文した。見ると、となりの売店では、長い包丁を手にした男が、山羊の頭から目玉だけをのこして、肉をすっかり削ぎ落としていた。ずっと向こうの花屋の前では、鳥かごが売られていた。ひとつ買ってもよさそうだなと思った。

アトラス・ホテルに戻り、鎖や滑車を軋ませながら下りてくるエレベーターを待っていると、守衛のアブデルハイが彼の肩を二度ほど力を込めて叩いた（力を込めすぎだ、と彼は思ったが）。

アブデルハイは白い歯を見せたが、親しみのこもった笑顔ではなかった。

「ミスター」といった。「ここ、動物、駄目ね。お客さんは動物持ち込んだ。出てってもらわないと。わかりますか？」

「何だって？」

ムスリムは興奮してくるようだった。

「出てってもらわないと！」と叫んだ。

「なぜだ？」彼はエレベーターの扉を開けた。

「マネージャーがお客さんにそういうようにって。それだけだ」

「ほんとうか？　マネージャーに会わせてくれ」

「いまはいない。その鳥はここではいけない」

「わかったよ」彼はエレベーターに乗り込んだ。「出ていくよ」

エレベーターが昇りはじめると、アブデルハイは柵のむこうに立ちつくしたまま彼を見つめた。そして「鳥、わるい！　鳥、わるい！」と叫んだが、その顔はすぐさまエレベーターの床《ゆか》の下に消えた。

17

ベッドからシーツがはがされ、枕カバーといっしょに持ち去られていた。ベルベルの絨毯も消え、テラスの窓は、カーテンもろとも開け放たれていた。テラスの欄干の上を三、四羽の鳩が歩いていた。窓を閉めると、バスルームに向かった。フクロウは浴槽のへりにとまっていた。くちばしを開け、羽を広げた。「さあ、出ていいぞ。ここは明るすぎるからな」。フクロウは彼のわきを巧みにすり抜けて寝室へ飛んでいって、化粧台にとまった。鏡に映った自分を見てから、ぐるっと首を巡らし、彼を見た。彼はドアロに立っていた。「ここを出るぞ、チビちゃん。どこへ行ったらいいのかわからないが」。彼はふたたびバスルームに向かった。手を洗いたかったのだ。

「なんてことだ」タオルがなくなっていた。

濡れた手をズボンや髪の毛でぬぐいながら、部屋にもどると、ベッドのへりに腰を下ろした。電話に目をやった。ホテルを変わることを領事館に知らせる必要があった。

18

名誉領事はこういうことに馴れている様子だった。

「フクロウか、なるほど。こいつは面白い。さあ、さあ、入りたまえ。そこに置いたらいい。ああ、そこだ。だけど、なんでフクロウを持ち歩いてるんだね？」彼はドアの背後に鞄を置くと、鳥かごをモロッコ大箱の上に置こうと歩きだした。となりの部屋で誰かがアラビア語で何かを叫び、バタンとドアが閉まる音がした。

「あれはモラッドだ」と領事はいった。「ラバト出身の友人だ。さあ、座ってくれ。ホテルで何があったんだい？」

「あちこちで糞《ふん》をしたので」

「まあ、ホテルの言い分はわかるよ。連中の好む鳥じゃないからな。まあ、好かんだろうな」瞼《まぶた》を半分ほど閉じながらそういった。「それで、どうするつもりかな？」

「どこかで宿をさがしてみます。フクロウはまあ、いずれ放します。まだちょっと幼いようだし、いくらか弱ってるみたいです」

領事はじっと彼を見た。フクロウに興味があるわけではなかった。関心はもっぱら彼に向けられていた。

「わたしにできることは？」

「部屋が見つかるまで荷物を置かせてもらえませんか？」

「どのあたりでさがすつもりかね？」

「メディナがよさそうかなと思ってますが。あそこならそううるさいことはいわないでしょうからね」

領事の顔色が変わった。旧市街メディナに寝泊まりすることを想像するだけで気持ち悪がっているようだった。

「そういうところに住めるのかね。だけどまあ、君なら住めるかも……、若いんだし」そして言葉を継いだ。「それはそうと、君はまさかドラッグの密売人じゃないだろうな？」

「ちがいますよ」

「そうか。でもまあ、わたしを信頼してくれてだいじょうぶだ」

彼は椅子から立ち上がった。

「ぼくはこれで……、急いだほうがよさそうだ。荷物の件、助かりますよ」フクロウに目を向けると、鳥かごに顔を近づけた。「じゃまたな、チビちゃん」と声をかけた。「ここなら安心だぞ」

「チビちゃんか」と領事がからかった。「君もこの国の人間なみに狂っとるよ」

通りにつうじる階段のところまで彼を見送った。ドアを閉める前に背後で領事の声がした。

「モラッド！　これを見てくれ。あのコロンビア人がこいつをつれてきた」

19

晴れ渡ったモロッコの空に太陽が輝いていたが、かげった路地は湿ってひんやり感じられた。彼は傾斜した迷路を足早に下りながら、ときおり海のにおいに出くわした。いくらか広い路地では、壁に体をくっつけるようにして男たちが食器や自然化粧品、野菜や魚を売っていた。ようやくプチ・ソッコに出た。カフェ・ティンジスにラシッドがいた。男ふたりと小さなテーブルに腰を下ろして、サッカーくじに興じているところだった。彼は少しはなれたテーブルに座った。

「エルクレス対トレド」とひとりが読み上げると、あとのふたりは、1とかX《バツ》とか2とかいうふうに答えた。

「ヌマンシア対コンポステラ……、マジョルカ対アトレティコ・デ・マドリード……」

カードへの記入が済むと、ラシッドは男たちにちょっと待ってくれといって、彼のテーブルに移った。

「やあ。キフはまだだよ」

「それはかまわないさ。安宿をさがしてるんだ」

「安宿に泊まるのかい？　このへんの？」

「いけないのか？」

「いけなくはないけどな」ラシッドは自分の手を見た。「二、三軒なら知ってる。案内しようか？」

「ただ問題が……、フクロウがいるんだ」

「フクロウ？」と笑った。「ほんとうに？」呆れているようだった。

「ここじゃきらわれてるみたいだな。コロンビアでも不吉な鳥ってことになってる」

「ばかげたことさ。まあどこにもバカなやつはいるもんだ。ただの鳥さ。おれはそんなくだらんことを信じないね。幸運も不運もないよ。おれはまともなイスラム教徒だ。そういうのは信じない」

「じゃ案内、たのめるか？」

「いいとも。Yal-lah.（さあ、行こう）」

ふたりは立ち上がった。

20

ふたりは昔の郵便局通りを下りていった。途中でぼろの軍服を着た哀れな若い女に出くわした。彼女の夫は兵役をつとめているときに、アルジェリア軍かポリサリオの兵士につかまったのだとラシッドはいった。夫がまだ生きていると信じて、南へ迎えに行くつもりで金を集めていた。もう十年になるんだ、とラシッドはいった。

「ここだ」

《ペンション・カルペ》——鉄扉の看板に赤ペンキでそう書いてあった。化粧タイルの廊下は、蒸れた足と漂白剤のにおいがした。そして壁は垢《あか》で汚れていた。すり切れたジュラバ［フードのついた長い上衣］を羽織り、プラスチックのサンダルをはいた体の大きなモロッコ人が、二階の部屋を見せてくれた。予想よりも広かった。ほの暗さもわるくなかった。小さな窓がひとつだけ細長い中庭に面していた。明かりは平らな天井からぶら下がる裸電球だった。ベッドはだいぶぶせまく感じられたが、シーツは清潔だった。

「どうだい？」

「わるくないね」

「じゃ金《かね》だ」

「うん？」

「ここを借りるんなら、この男に払うんだ」

「なるほど」と彼はいった。「午後にまた来るよ」

ふたりは外へ出た。

「それじゃ」とラシッドはいった。「コーヒーをいっぱいおごってもらおうか」

21

彼はラシッドのあとにつづいた。ふたりは下水と死体のにおいのするうす汚れた街路をのぼっていた。キフを吸う連中のたまり場へ行こう、とラシッドはいったのだ。そこでキフを刈ってくれる人間がみつかるかもしれなかった。

「このあいだ、犬を捕まえて小遣いを稼いでるふたりのガキがいたよ。スペインの税関のチェックをかいくぐるために要るらしいよ。トラックの運転手が買ってくれるっていうんだ。ハシシを積み荷にまぎれこませてるやつだ。犬の首をはねて、その血をハシシを隠したあたりに散らしておくんだ。そうすると警察犬が寄ってきても、においに怯えて、さっと離れるんだって」

「ほんとうかい？」

「ほんとうさ。おれがそんな話を作ってなんになる」

「うまくいくのかね？」

「いくんだろうよ。わからんが」

ふたりはめざしていたカフェにたどり着いた。小さな店内は暗く、壁にそってテーブルが四つ並んでいた。壁には稚拙な砂漠の絵——砂丘、駱駝《らくだ》、ナツメヤシ——が描かれていた。ミントティーをいれる店主は、チョッキを着て頭にターバンを巻いた老人だった。ラシッドにあいさつしたが、彼には無関心をよそおいながら警戒の目をちらっと走らせただけだった。

ふたりは壁に背を向けてわら布団の上に腰を下ろした。お茶を運んだあと老人は、ござを敷いた小さな木の台の上に寝そべった。そばに髪の長い若いモロッコ人がいた。油じみた長い髪と、黄色い大粒の歯が印象的だった。その若い男は、小さな板の上でキフを切り刻んでいた。草の香りは、ミントや柑橘《かんきつ》類の蕾《つぼみ》の香りと心地よく溶けあった。

「Bismil-lah（アッラーの御名において）」とラシッドはいうと、お茶をひと口飲んだ。

軍服を着た頭のおかしな女が、街路から店内をのぞき込んで施しを乞うた。

「小銭をやってくれ」とラシッドはいった。いわれるままに彼はポケットから五ディルハムの銅貨を取りだすと、差しだされた女の手にのせた。

「Báraca l-láh u fík（ありがとう）」と女はいい、ラシッドにおじぎをして、店から出ていった。

ラシッドは満足そうに笑った。

「それでいいんだ」といった。「あの女はいい人間だ」

三十分後に彼はカフェから出てきた。キフを刻んだ丸いかたまりがポケットをふくらませていた。ペンションに足を向けた。途中、たばこ屋に立ち寄ると、いちばん安い煙草をひと箱買った。

22

領事の庭師がドアを開け、彼を二階の小さな応接間に案内した。旅行バッグはドアの後ろの置いた所にあったが、鳥かごは大箱の上からなくなっていた。ゆるやかな螺旋《らせん》階段は食堂に通じていた。そこからコーヒーの香りが漂ってきた。領事とそのラバト出身の友人モラッドの声も聞こえた。ふたりはどうやら食後の議論を戦わせているようだった。英語で話していた。

「よさそうな男だ。興味をそそられたよ。前にもいったろ？　けっこう興味があるんだ」と領事がいった。「君も会ってるじゃないか」

「金を持ってるの？」

「さあ。あの男の金には興味ないさ」

モラッドが笑った。

「じゃ何に興味があるの？」

「君の想像してることぐらいわかってるよ。だけどご心配なく。そういうことじゃないんだ。あの男となら話ができそうだ。こっちにはそれが肝心だ」

「話ができる？　何の話？　フクロウの話？」モロッコ人が笑った「あの男が何しにきたのか、わかってるの？　ぼくにはおおよその見当がついてる。だけどあの男は、正直にいわないだろうね。まあ、それはともかく、いくらで売るつもりなんだろう？」

彼はそんなやりとりを聞きながら、階上の食堂にのぼるべきか、そこで待つべきか迷っていた。だが椅子を動かす音がすると、出口に向かって下りることにした。そっと下りていった。すぐに足音が聞こえてきた。ふたりは螺旋階段を下りてきた。彼は決然ともう一度応接間に向かって階段をのぼった。

「やあ、もう戻ったのか」領事は大きな声でいいながら、手を差しだした。

モラッドは二十歳ぐらいだった。ヨーロッパ人の服をエレガントに着こなしていた。領事はふたりを紹介した。

「フクロウはどこですか？」彼はできるだけ穏やかに尋ねた。

「庭だよ。心配ない。布を被せたんだ。わかってるよ。明るいのはきらいだからね」

「フクロウをどうするの？」モラッドの口調には、スペイン南部の訛《なま》りがあった。

「放そうかと思ってる」

「放す？　ゆずってくれないか」

領事は笑った。

「まあ、まあ、驚かないでくれ。こういうことなんだ。モラッドはあんたのフクロウに惚れ込んでしまってね。気に入ったんだ。それで自分のものにしたいっていうんだよ。わかるね？　買いたいんだ。いくらで売るのかね？」

「売るつもりはないんだ」

「モラッドも諦《あきら》めきれないんじゃないかな」

「そうかな」彼は口元をほころばせた。「いくらで買ってくれるんだろう？」

領事はモラッドのほうに顔を向けた。

「伯父にプレゼントするつもりなんだ。鳥が好きで、いろんなのを飼ってる。フクロウも何種類かいる。

耳のあるやつやないやつ。あのフクロウならきっと気に入ると思うんだ。千でどうだろう？　むろん千ディルハムだ。ドルじゃなくて……」

彼はしばらく考えてから、首を横に振った。

「せっかくだけど」と言い添えた。

モロッコ人は胃のあたりに手をやった。それからあいまいに手を振って、ていねいにいった。

「わるくない金額だと思ったんだが」

「わるくないね」と彼は答えた。こんどは声に余裕があった。「だけどあのフクロウが鳥のコレクションに入れられるのはどうもね」

「なるほど」とモロッコ人はいった。声音にかすかな威嚇の響きがあった。「それが理由なんだね」

「でもまあ、何かの拍子に考えが変わることもある」領事は外交的にその場を取りつくろおうとした。

モラッドは微笑した。むろん額面通りの微笑ではなかった。

「ところで、ホテルはみつかったのかね？」

「ああ。運がよかった」

「そりゃけっこう。となると、フクロウを返さなくてはいけないね」領事は階段をのぞきこんで、下の階に叫んだ。「ムハンマド！　ムハンマド！　お客さんの鳥を連れてこい」

23

旅行バッグを肩に、そして鳥かごを片手に、彼はリヤド・スルタン通りを下っていった。カスバを囲む海側の城壁に沿って歩いた。カスバの広場にさしかかると、旧刑務所の壁の下で、スペイン人観光客の一団に出くわした。白いジュラバをはおり、円錐形のトルコ帽をかぶったガイドは、アルフォンソ六世の話をしていた（アルフォンソ六世は、妹のカタリナがイギリスのチャールズ二世と結婚するとき、持参金としてタンジェを提供したのだった）。一団に浮浪児たちがまつわりつき、しきりに彼らの手や、シャツの袖や裾に口づけをしていた。

海の門から旧市街メディナに入ると、彼は傾斜のある小さな路地を下りていった。ベン・ラスリ通りに出たところで坊主頭の少年が彼のわきを歩きはじめた。少年は手をあげて、施しを乞うた。「駄目だ」と彼はいった。「わるいけど駄目だ」。「小銭《こぜに》をくれよ。おいら貧乏。金がない。食べる」。口の中に何かを入れる仕草をした。そして彼の袖をつかむと、唇を寄せた。「やめろよ！」だが少年は予期せぬ力でシャツをつかんでいた。思いきり腕を振ったが、むだだった。「おい、なんだよ。放せ！」と叫んだ。ふいに、もうひとり年長の少年が、右側に寄ってきた。そしていきなり彼を突きとばすと、鳥かごを奪って、通りを一目散に駆け下りていった。

「泥棒！　待て！　この野郎！」彼を押さえていた少年を払いのけると、もうひとりを追いかけた。

入り組んだ路地だったが、相手の足音で見当をつけた。袋小路にはまったとき、ブリキのやかんを修理していた爺さんが、抜け道を教えてくれた。振り向くと、下のほうの入り組んだ角を曲がる泥棒の姿が見えた。鳥かごが壁にぶつかり、漆喰《しっくい》をひっかいた。バッグを肩にかついだまま彼は、追いつくのはむりだな、と思った。長い下り坂に出ると、先を疾走する少年が見えた。息が苦しくなって、足を止めた。諦めるほかないな、と思った。時間的にみて、モラッドがあの少年を寄こしたわけではないな、とも思った。だがそのとき、小さな路地に曲がろうとした盗人が、すべって、足を跳ね上げながらあおむけにひっくり返った。宙に放り出された鳥かごは、大きな音を立てて、絨毯屋の店先に落下した。店主が騒ぎを聞きつけて顔を出した。彼はふたたび声を張りあげた。「泥棒だ！　あいつをつかまえてくれ！」そして坂下にむかって走りつづけた。少年は急いで起きあがると、わき目もふらずに走り去った。鳥かごはその場に転がったままだった。

24

熊のような体をした簡易ホテル・カルペの受付係アトゥプは、フクロウを見てもは文句をいわなかった。だがパスポートか身分証明書の提示を求めた。彼は銀行のキャッシュカードとコロンビアの運転免許証で見のがしてもらった。アトゥプはスペイン語を話せなかったが、身ぶりや手振り、それに片言のフランス語で、パスポートを携帯していないのはまずいと伝えた。警察がメディナの簡易ホテルをまわって、身元のあやしげな連中を連行しているということだった。ジブラルタル海峡をこえてヨーロッパにたどり着こうと夢見て、マリやセネガルのアフリカ人がタンジェに押し寄せている。めんどうなことに巻き込まれないともかぎらない。警察に行ったほうがいい。暫定的な身分証明書を出してくれるはずだ、といった。

「ありがとう。すぐにそうするよ」

「Joli oiseau.（きれいな鳥だな）」とアトゥプはいった。「Vraiment joli.（ほんとうにきれいだ）」

二階の部屋に案内し、鍵を渡した。彼はベッドの上にバッグを置くと、鳥かごを窓の下の古ぼけたヒーターの足元に下ろした。それからアトゥプのあとを追って、階段わきにあった机にもどった。そこが受付だった。最寄りの警察署はどこかとアトゥプに聞いた。新市街にあるとアトゥプは答えた。そして、写真も必要だから、撮ってもらったほうがいい、といい添え、ホテルの近くの写真館を教えてやった。

「ぼくにその権限があったら」と彼はいった。「あんたをコロンビアの名誉領事にするね」

アトゥプは口元をわずかにほころばせた

「B'slama（行ってらっしゃい）」といった。

「じゃ行って来るよ」

25

写真を撮り、モロッコ警察で暫定の身分証をもらい、フクロウのための臓物を買うと、彼は簡易ホテルにもどってきた。日が暮れなずむころだった。だいぶくたびれていた。自動車の排気ガスのせいで、顔は油と煤《すす》だらけだった。カリの街を歩くときと同じだ、と思った。バッグの中から洗面道具を取りだした。プラスチックのサンダルをはくと、廊下に出て、シャワー室をさがした。フランス語の表示によれば、シャワー室は、小さな中庭をはさんで通路の奥にあった。化粧タイルは、緑色がかった皮膜におおわれ、すべりやすかった。行ってみると、生ぬるい湯が、錆びた蛇口からちょろちょろ出てきた。体を洗えるには洗えた。ただ、体が垢《あか》まみれの壁に触れないように、そして石鹼を落とさないように、気をつけねばならなかった。

　部屋にもどって着替えを終えると、フクロウを出そうと、鳥かごの扉を開けた。出てきたフクロウは、古ぼけたヒーターの上にとびのったが、その様子を見て、もう少し大きくなりそうだな、と思った。ふとそのとき、左の翼が少し垂れていることに気づいた。だがあわてずに臓物の包みをほどくあいだも、フクロウから目を離さなかった。フクロウもじっと彼を見ながら、しきりにくちばしをぱくぱくさせた。

　鶏《にわとり》の肝《きも》をひと切れ足元に投げると、フクロウはさっととびおりた。

「おやおや、その羽はどうしたんだい？」羽を引きずっているのを見て、そう声をかけた。そばに寄ると、羽の先をそっとつかんで広げてみた。フクロウは、いきなり身をひるがえして、その指の節を突ついた。

「こらっ、何するんだ」おどろいて、後ずさりした。痛くて反射的にそうしたのだとわかった。羽をけがしていたのだ。関節の近くだった。羽毛に小さな血の染みがあった。彼はさらに一歩退いて、ベッドのへりに腰を下ろした。

26

彼はキフの煙の中にいた。ホテルのベッドにあぐらを組み、背中を湿った冷たい壁にあずけていた。モロッコ人になった自分を思い描いていた。コロンビアに帰らずに、このまま何年もここに残るのだ。アラビア語を覚え、イスラム教徒になってもかまわない。ベルベル人の妻をいくらかの金《かね》で調達する。もうだいぶ長く、ひとりでいるのだ。それにしても、タンジェにきて、何週間になるのだろう？

ふいに空腹をおぼえた。金をかぞえると、百二十ディルハムしかなかった。気持ちがあせった。銀行のカードを手にとると、現金自動支払機のあるパストゥール通りに向かった。

預金を引き出そうとしたが、三つの機械ともうまくいかなかった。どうやら妻は、指示した通りに金を入れてくれていないようだった。困ったことになったと思ったが、あわてないことにした。最後の現金自動支払機から離れると、フランス広場に向かって歩いていった。

軍服をまとった女は、カフェ・パリのテラスの中を、物乞いしながらまわっていた。そばを通ると、物乞いをやめて、彼を見た。彼が微笑むと、片方の手をさしだした。彼は無意識のうちにポケットに手を入れて、二十ディルハムをつかんだ。そして自分でも驚きながら、その紙幣を女に渡した。

「ありがとう」女は紙幣を口に寄せると、歩きだした。広場を横切って、フェズ通りに向かった。

彼はべつの通りをのぼりはじめた。とつぜん活力がよみがえってきた。思わぬ自分の気前のよさに心がはずんだが、懐具合のさびしさに戸惑い、いくらかあせってもいた。「キフのせいだろう」と思った。

現金自動支払機から、現金が引き出せるようになるのは、時間の問題だろう。だが、金がないという現実は、彼の身にある変化をもたらすようだった。体が軽く感じられた。足早に坂をのぼり、足早に下っていった。

27

「大したことないさ」とラシッドはいった。「友だちが治してくれるよ」

彼はフクロウを鳥かごの中に入れた。

「その人は、どんな動物を診てるんだい？」

「おもに牛や羊だね。ときには犬や猫も」

「鳥のこと、わかるのかな？」

「わかるさ。鶏《にわとり》をもってくる人間もいるはずだ」

獣医の診療所は、スパルテル岬の南側、大西洋に面した平地にあった。アシャカルというところだった。診療所は四角い家で、庭に囲まれ、つる棚と貯水槽があった。

横倒しになったドラム缶の中から犬が飛びだしてきて、鎖を引っ張りながら吠えたてた。ドラム缶は犬小屋として使われていた。風が吹いて、アザミの枯れ枝が、錆びたドラム缶の背を引っかき、ギーギーという音を立てた。タクシーの運転手は、古ぼけたベンツから降りると、ラシッドに、このへんで待っている、といった。そして、道端の乾いた砂地にきざまれた駱駝《らくだ》の足跡を調べはじめた。

獣医のアルダニは、白い机の向こうに座っていた。小さな診察室の壁は緑色で、床《ゆか》はねずみ色だった。獣医は背が高く、浅黒い肌の、鼻の大きな人物だった。清潔な白衣をまとい、部屋にはクロロホルムとアンモニアのにおいがしていた。

「やあ、しばらく」といった。「元気かね、ラシッド?」

ラシッドは、獣医とアラビア語で話をした。一段落すると、獣医はスペイン語で彼に話しかけ、最近のコロンビアの治安はどうかね、と聞きながら、身を屈めて鳥かごの中をのぞき込んだ。

「ちょっと見せてください」

鳥かごをつかむと、金属の台の上に置いた。ビニールの手袋をはめ、ライトを点けた。強力なライトだった。それから鳥かごの中からフクロウを出した。片手で頭を押さえ、もういっぽうの手で、けがをした翼を広げた。フクロウは爪を出し、傷ついていないほうの翼をばたつかせたが、すぐに静かになり、身じろぎひとつしなかった。獣医は顔をくもらせ、首を振った。小さな丸い脱脂綿で、血を少し拭きとった。「チッチッ」。それから羽を二本ほど指にはさんで持ち上げ、そのままはなした。羽はゆっくりともとの位置にもどった。

「かわいそうだけど」と獣医はいった。「もう飛べないだろうな」

フクロウの頭を押さえたまま、脚をつかみ、ふたたび鳥かごの中に入れた。

「私にできることは何もないようだ」といってライトを消した。

「治らない？」

「ええ、残念ながら。置いてもらってかまいませんよ。眠らせますから」

「眠らせる？」

「まあ、永眠ってやつですが」獣医は笑った。

「いや、とんでもない」

ラシッドは詫びるように肩をすくめた。

「あのとき売っときゃよかったんだ」といった。「いまじゃ値打ちはゼロだ」

彼は鳥かごをつかんだ。

「お世話になりました」

「さっきもいったように、もう飛ぶのは無理だ。苦しむことになるよ」

彼は鳥かごを持ち上げ、フクロウの顔をのぞき込んだ。鳥は不安そうだった。

「なんとかなるかもしれない。いずれにせよ、ありがとうございました」

そのとき、ペキニーズを抱いたふたりの女が診療所に入ってきた。犬は死んでいるか、気絶しているように見えた。犬を抱いた女は、五〇歳くらいで、まっすぐ獣医に歩み寄った。もうひとりは、二〇歳ほど若く、戸口のわきにとどまった。

「ようこそ、マダム・シュワゼール」獣医は声をあげながら、ラシッドのそばを離れ、マダムを出迎えた。

「この子がこんなふうになって……」マダム・シュワゼールはフランス語でそういった。

黒いペキニーズだった。獣医は、犬を金属の台の上にのせた。ふたたびライトをつけると、二本の指で犬の片目のまぶたを開けた。

「ちょっとみてみましょう」といいながら、犬の腹を触診しはじめた。その間マダム・シュワゼールは、わが子に付き添う母親のように犬の頭をやさしく撫でていた。

いっぽう若い女のほうは、フクロウの存在に気づいたようだった。彼に微笑みかけると、フランス語でいった。

「きれいな鳥ね」

「それはどうも」

「あなたの？」

「ええ」

女はそばに寄ってきた。いくらか斜視だったが、魅力的な女性だと思った。

「病気なの？」

「羽が折れたみたいだ」

「かわいそうに」

「もう治らないらしい」

「きれいな目だわ。羽がどうして折れたの？」

「いろいろあってね……」

ラシッドは戸口で待っていた。

「じゃ行こうか」といった。「運転手が待ってるよ」

「わかった。すぐに行く」と彼は答えた。

「外で待ってるぞ」

女は微笑んだ。

「どちらへ？」

「タンジェ」

「お友だち？」

「いや、案内を頼んだだけだ」

「わたしたちもタンジェへ行くの。よかったら、ごいっしょに。さしでがましいかしら？」

「いや、ありがとう」

「鳥かご、持ってるわ」

鳥かごを渡した。

「ありがとう」

診療所から午後の日差しの中へ出ていった。ラシッドと運転手は、ベンツの中にいた。彼は窓に身を屈《かが》めて、ラシッドにいった。

「あのふたりが乗せてくれることになった」

「なるほど。じゃこっちの運転手に払ってくれ」

財布《さいふ》の中から最後の五〇ディルハムを出して、ラシッドに手渡した。

「これじゃ足りないよ」

「これしかないんだ」財布の中を見せた。

「一〇〇ディルハム」と運転手はラシッドにいった。「それもあんただからだ」

「あとで返すよ、ラシッド」

「かたに何かよこせよ」とラシッドはいった。いくぶん苛立っているようだった。

「わかった」腕時計を外すと、ラシッドに渡した。

ラシッドは白い歯を見せた。

「いいだろう」そして運転手のほうに顔を向けた。「車を出してくれ。メディナで払うよ」とアラビア語でいった。

ベンツのタイヤは、じゃりを飛ばし、ふたつの小さな砂ぼこりを巻き上げた。獣医の犬は、さかんに吠え立てた。車が向きを変えて、アスファルト道に入ると、空と海を背景に、その輪郭がくっきりと浮かび上がった。ようやく鳴きやんだ犬は、ふたたびドラム缶の中にもぐり込んだ。

28

診療所の中では、息を吹きかえしたペキニーズが、台の上で尻尾を振っていた。しゃがれた声で二度ほど吠えると、小さくジャンプして、息を吐き出し、頭を振りたてた。

「この子ったら、お芝居がうまいんだから」とマダム・シュワゼールはいった。「車で散歩に出たかっただけなのね」。連れのほうに顔を向けた。「そう思わない、ジュリー？　ほんとうなんですよ、先生。気を失ったふりをするんですから」

「そうでしょうか？」と獣医はいった。「だけど、アッラーだけがすべてをご存じだ」

マダムはテーブルの上の愛犬を抱き上げ、床《ゆか》に下ろした。犬は吠えながら、飼い主のまわりを一周した。

「こら、トーバン、静かになさい」マダムはハンドバッグを開けると、中から百ディルハム紙幣を取りだして、獣医に渡した。

「ありがとうございます。またいつでもどうぞ」と獣医はいった。

「すてきな光だわね」外に出ると、マダム・シュワゼールはそよ風を受けながら、そういった。犬は、庭を囲む砂色の石塀に駆け寄ると、おしっこを引っかけた。それから道の中ほどに刻まれた駱駝の奇妙な足跡をくんくんと鼻でさぐった。そのとき、ドラム缶の中からそっと出てきた獣医の犬が、ペキニーズに襲いかかった。だが一瞬の差でペキニーズは、悲鳴をあげながら、体をかわした。獣医の犬は、首に鎖をくい込ませながらもがいた。

「まあ、この鳥、かわいそう」とマダム・シュワゼールはフクロウを見ながらいった。「外を自由に飛んでもらいたいわ」

太陽はまだ沈んでいなかったが、日差しはだいぶ弱まっていた。

「行きましょう」とジュリーはいった。「寒くなってきたわ。お話は、車の中で。フクロウを連れ歩いてる理由を聞きたいわ」

三人は車に乗り込んだ。道路沿いのユーカリやミモザの並木は、すばやく後方に消え、香りだけが窓から流れ込んできた。ペキニーズはフクロウを無視して、もっぱら、道端で松の実を売る子どもたちに吠えつづけた。

「ひょんなことでここに……」と彼は説明をはじめた。

話に脚色をほどこした。話しているうちに、ジュリー・バシュリェーが考古学を学んでいることを知った。この地域のローマ期やローマ前期の遺跡に関心をもっていた。休暇中で、タンジェの郊外にあるマダム・シュワゼールの邸宅に宿泊していた。マダム・シュワゼールの名前は、クリスティーヌ。運転はあまりうまくなかった。

ふたりの絡まりあう姿が、一瞬、脳裏をよぎった。

「母は会計士なの」とジュリーはいった。「パリでクリスティーヌの仕事を手伝ってるわ」

彼はジュリーが気に入った。

「あなたは、モロッコ人みたいな顔をしてるわね」とマダム・シュワゼールはいった。

「ええ、このあいだもそういわれた」と彼は答えた。「モロッコ人じゃなくてよかったけど」

「じゃコロンビア人ならいいの？」

「それもそううれしいことじゃないね」

ふたりのフランス人女性はうなずいた。ヨーロッパのほうがよかった。

「だけど息が詰まってくるんだ。秩序がありすぎて」と彼はいった。

ルミラットの上からタンジェの街が見えた。夕日の光の中に広がる塩田のようだった。サウジ王子の公邸の前を過ぎると、マダム・シュワゼールはハンドルを切って、せまい道路に入った。道路に沿って色あせた化粧漆喰の塀がつづき、塀の上にはブーゲンビリアやスイカズラがこんもりと繋っていた。

「あら、ごめんなさい」とマダムは声をあげた。「間違っちゃったわ。うちに向かう道だわ。どこだったかしら？」

「メディナ」

「メディナ？　そこで何を？」

「ホテルが」

「ほんとうに？」とジュリーが聞いた。

「フクロウも泊めてくれるところはそうないんだ。みすぼらしいのはたしかだけど」

「じゃ、急いで帰らなくてもいいわね」とジュリーはいった。「ねえ、クリスティーヌ、うちでコーヒーでも飲んでもらいましょうよ」

「Mais oui（ええ、ぜひとも）」クリスティーヌはそういうと、バックミラーをのぞき込んで、相手の返事を待った。そのとき車が危うく塀をこすりそうになった。「Oh là là!（あらあらっ）」と声をあげた。

29

マダム・シュワゼールの屋敷は、シーディ・メスムディ街道の上のほうにあった。建物は小さな台地にそびえ、広い庭に囲まれていた。庭には、オリーブの木が点在し、ユーカリやサトウキビがのっぽな屏風のように林立している一角があった。

「アルティフォ！」車を下りるなり、マダムが叫んだ。自由になったペキニーズは、庭の下のほうに向かって一目散に駆けだした。

庭は小さな段棚を刻みながら低くなっていた。噴水があり、花壇がつづいた。ずっとむこうには、黒い南洋杉が空に向かってのびていた。

アルティフォはあごひげを短く刈り込んだ爺さんだった。漁師帽をかぶって、勝手口から姿をあらわした。

「お呼びでしたか、マダム？」

「ファティマにお茶の用意をするようにいってちょうだい。それから、居間とわたしの部屋の暖炉に火をいれて。これから毎日そうしてちょうだい」アルティフォに背を向けながら命じた。

やがて三人はガレージから出てきた。庭に立つと、潮騒《しおさい》が聞こえた。木の葉がざわざわと音を立てていたが、そのざわめきをかいくぐって、波の音がした。海はまだずっと遠いはずだが、と彼は思った。

暗い廊下を通って居間に入った。たくさんの鉢植えが並び、アーチ型の小窓から光がさし込んでいた。壁はサテンにおおわれ、赤、ピンク、紫の縞模様が目立った。床《ゆか》がふかふかで、ベルベル絨毯の模様は、人の手や目を連想させた。あちこちの小テーブルに本が積まれ、書架は古書で埋まっていた。ジュリーは鳥かごを受け取ると、二つの窓のあいだにあったサイドテーブルの上にのせた。

三人は暖炉の近くに陣取った。マダム・シュワゼールは、ペキニーズをひざにのせて、小ぶりなソファーに座った。ジュリーは、モロッコのクッションに腰を下ろし、ひざに腕をまわした。彼は寝椅子を選んだ。その間、アルティフォは、ユーカリの枯れ葉の上に薪《まき》を並べ、火をつけた。

炎が揺らめきはじめると、部屋の色彩が活気づくようだった。薬草の香りが、三人を包み込んだ。

「火をいれなければならないほど寒くないのはわかってるわ」とマダム・シュワゼールはいった。頬が赤くなりはじめていた。「だけど、火をいれてはいけないほど暑くもないわ。わたしは火が大好き」そういいながら、暖炉に目を向けた。「寒がり屋なの」

アルティフォは居間から出ていった。

マダム・シュワゼールは、フクロウに目をやった。

「きれいなフクロウだわ」というと、彼を見た。「モロッコには、動物の物語がたくさんあるわ。フクロウが出てくるのもあるのよ」

台所に通じる開閉ドアから老女があらわれた。いくらか背中が丸まり、頭に白い布を巻いていた。手に茶器をのせた大きな盆を抱えていた。

30

　三人はミントティーを飲みながら、とりとめのない話をした。モロッコの政情や、変革の可能性について、あるいはピノチェトの運命や、ピノチェトとモロッコ国王との共通点や違いについて話した。

「もちろん誰だって好きに意見をいっていいと思うの。だけど、テレビとか新聞じゃまずいんじゃないかしら。制約があってしかるべきよ」とジュリーはいった。

　だがマダム・シュワゼールは、言論の自由がイスラム教の国でどうあるべきかについて議論するよりは、フクロウがどうしてけがをしたのかを知りたがっていた。

　彼は旧市街メディナで遭遇したかっぱらいの話をした。

「フクロウをさらってどうするのかしら？」とジュリーは聞いた。「お金になるの？」

「フクロウを捕まえる人がいるって聞いたことがあるわ」とマダム・シュワゼールはいった。「そう難しくないんですって。でも捕まえても、そう高く売れないと思うわ。といっても高い安いは、主観的なものだわね。そこらへんにいるような子どもにも、捕まえられるらしいわよ」

「捕まえてどうするのかしら？」

「さあ」とマダム・シュワゼールはいった。「でも買う人がいるのはたしかよ」

彼はそこで領事の友人が、千ディルハムでフクロウを買おうとした話をした。

「冗談だったのかもしれないけど」と彼は最後につけ加えた。

「あやしげな人物だったの？」

「まあそうかも」

「コロンビアの名誉領事はね」とマダム・シュワゼールは切り出した。「あまり評判がよろしくないのよ。わたしだったら、あの男にパスポートの再発行を頼まないわね。こちらに長く留まりたいというのだったら、話は別だけど」

「どうすればいいの？」とジュリーは聞いた。

「直接コロンビアから、ラバト経由で送ってもらったら？」

「なるほど」と彼はいった。「考えてみます」

アルティフォが茶碗をさげようと、盆を手に部屋に入ってきた。そしてほかに何かお持ちしましょうか、と尋ねた。外はすでに暗くなっていた。窓ガラスに赤い炎が揺らめくのが見えた。

31

ジュリーは、マダム・シュワゼールの車を運転しながら、モンテ・ビエホのせまい道路をくだっていた。両側にヨーロッパ風の邸宅が並び、その塀がくねくねとつづいていた。

「恋人はいるの？」とジュリーが聞いた。

「いや」

「奥さんは？」

「いない」

沈黙したまま、モンテ・ビエホの下を流れるフディオ川にさしかかった。

「コロンビアでは、女の子と暮らしている。最近はうまくいっていない。君のほうは？」

「ひとり暮らしだわ」

車はドラデブ通りをのぼっていった。そこは活気に満ちた一角で、アラブ人たちは、行き交う車を巧みにかわしながら道路をわたった。金物屋やパン屋が、建物の下の階にひしめき、店の明かりは、傾斜した通りのはるか向こうまでつづいていた。ジュリーは、南の国では高級住宅街はみすぼらしい街に囲まれているものよといい、カリもそうなのかと尋ねた。

「変わらないね。夕飯をご馳走するよ」

「ありがとう」とジュリーは笑みを浮かべて答えた。「だけど財布の中は空っぽじゃなかったの？」

「まあそうだが、大通りのキャッシュディスペンサーで少し下ろせるかもしれない。朝やってみたが、うまくいかなかった」

「なんだ、そういうことだったの。もっと複雑な事情があるのかと思っていたわ。正直にいうと、不思議でならなかったの」

「じゃ、これから夕飯だ」

「ええ。だけどモロッコ料理とお魚はだめなの」

「ベトナム料理は？」

「いいわね」ためらいが混じっているような声だった。

「だがその前にホテルにもどって、フクロウを置いたほうがよさそうだ」

ジュリーはポルトガル通りに車を停めた。メディナの下の入口の近くだった。

「じゃ急いでね」といった。「ここで待ってるわ」

32

彼はうそをつくのが好きではなかった。だがほんとうの自分がいやになることもあった。そんなときは、うそをついた。そして自分のつくり話が、なんとか現実に合うように、ものごとを変えていかなければならないとも思うのだった。妻がいたが、独身者でもあり得た。パスポートをなくした単なる旅行者という立場も変わる可能性があった。鏡の中をのぞき込んだ。女たちの言い分通りだ。男は女たらしだ。苦笑しながら、くるっとまわると、明かりを消した。

現金自動支払機は、またも支払いを拒否した。

「いいわよ」とジュリーはいった。「わたしがおごってあげる」

ラ・パゴダで食事をしながら、モロッコの政治の話をつづけた。かたわらの水槽では、観賞用の鯉《こい》が泳ぎ回っていた。

レストランから暗い通りに出た。街路にはビニールやプラスチックのゴミが散乱していた。

「どこへ行きましょうか？」車に乗り込むと、ジュリーは聞いた。

「どこだっていいよ」と彼は答えた。

「あなたの部屋に、キフある?」

33

アトゥプはぴくりと眉を動かしただけでふたりを通した。

「ちょっときたないけど」部屋のドアを開ける前に彼はことわった。

シーツは起き抜けのままだった。ベッドのまわりには小説やガイドブックが転がり、モロッコ製の灰皿には、吸い殻や煙草の屑《くず》がたまっていた。ヒーターの下に新聞紙が敷かれ、ヒーターの上にフクロウがとまっていた。部屋の空気がだいぶ湿っぽかった。

「これは?」

裸電球がビニールテープで壁にとめてあった。読書用の明かりだった。

「ちょっと工夫したんだ。ベッドに座っていいよ」

「座るところ、ここしかないものね」

ふたりはベッドの上で横になって向かい合った。ジュリーは腕の上に頭をのせていた。彼は紙巻き煙草の中身を灰皿にかきだした。それから腕を伸ばしてマットレスの下からキフの包みを引っぱり出した。

包みをあけると、煙草に中身を詰めはじめた。

「それもあなたのアイディア？」

「いや、これは通常のやり方だ」

彼は立ち上がると、灰皿を屑かごにあけた。ふたたびベッドに寝そべると、煙草をつばでちょっと湿らせてから、火をつけた。

34

キフが、ふたりの唇のあいだを行ったり来たりしているうちに、しだいに灰になっていった。青い煙は、さまざまなアラベスク模様を描きながら、閉ざされた部屋の中でたなびいた。ジュリーの太ももにクリームを塗り、両手でそれを押しのばす映像が、ふと彼の脳裏に浮かんだ。

「気持ちいいわ」と彼女はつぶやいた。

彼はジュリーの尻にキスし、きわどいあたりに舌を這わせた。それから背骨をたどってうなじに行き着いた。髪の毛をあまく噛《か》んだ。

「汗だくだわ」

やわらかな白い乳房だった。だが奇妙なことに、乳首は逆方向に向かってのびていた。口にふくむと、少しだけ顔をのぞかせたが、すぐにまた、カタツムリが角を引っこめるように、乳白色の肉の中に沈み込んだ。

「買ったときは、元気だったんだ」

「もう悔やんでもしかたがないわ」とジュリーはフクロウを見ながらいった。「だけどここはよくないわ。じめじめしてて……。かわいそうだわ」

「ああ。山のほうがいいだろうな」

「わたしに譲ってもらえない？」

「いいよ」

「わからないけど……」彼女が煙草を返すと、彼はそれを灰皿の中でもみ消した。「あなたもフクロウといっしょに来ればいいわ」

「そんなことできるのかい？」

「だいじょうぶよ」ジュリーは時計を見た。「だけどきょうはもう帰ったほうがよさそうね。クリスティーヌが心配するといけないから。明日、会えるかしら？」

「会いたいね」

「迎えにくるわ」

「待ってるよ」

ふたりはさっと口づけをした。あっさりしたキスだった。

「Au revoir, beauté（じゃまたね、美人ちゃん）」とジュリーはフクロウに声をかけた。「さよなら」と彼はいった。

ひとりになると、旅行かばんの中からメモ帳をとりだしてページを一枚ちぎった。そして送金をたのむ手紙を自宅宛てに書いた。夜中になって夢を見た。罪の意識にかられたときに見るような夢だった。彼は川の中にいた。そしておおぜいの人間が川面を歩いているのに、彼は沈んでしまわないように必死にもがかねばならなかった。

35

明くる日の朝、ジュリーの代わりにマダム・シュワゼールがやってきた。アトゥプは、部屋まで案内した。

「ジュリーは、ファティマとハマム［トルコ風呂］へ出かけたわ。マッサージをしてもらうそうよ」とマダム・シュワゼールはいった。「迎えにいくようにたのまれたの。うちにしばらく泊まったらいいわ」

ふたりはスペイン通りまで下りていった。マダムはそこに車を停めていた。彼はうしろの座席に旅行かばんを放り込んだ。マダムはその上に鳥かごをのせた。

《モロッコでは、人びとは、問題の核心に触れたがらないんです。私たちには正しくないと思えるある事柄についても、誰も話そうとはしません》——ナディア・ヤッシンの声がラジオから流れていた。スラーに投獄されているイスラム原理主義者のリーダーの娘だ。ラジオ・メディ-1のインタビューを受けているところだった。

「それでは率直にお尋ねしましょう」と聞き手がいった。「あなたたちがめざしているのは革命ですか？」

「いいえ」と若い女性は答えた。「けれど劇的な変化を求めています。物事を変えたいわけではありません。人間を変えたいのです」

「どう、この人？」とマダム・シュワゼールはいい、ラジオを消した。

「馬鹿じゃなさそうだ」

「高校生みたいに話してたわね」

ふたりは黙ったまま走りつづけた。タンジェの中心部を離れ、ソッコ・デ・ロス・ブエイエスに向かっていた。カリフォルニア通りを下ってから、バスコ・ダ・ガマ通りに入り、そのままモンテ・ビエホをめざした。

ペキニーズが門まで迎えに出てきた。

「こっちにいらして。お部屋へ案内するわ。お気に召すといいんだけど」マダムは微笑んだ。

部屋は、庭園のいちばん下にあった。ムデハル様式風の建物で、糸杉の木立にぐるっと囲まれていた。部屋にはふかふかの絨毯が敷かれ、ベッドの上にはさまざまな色と大きさのクッションが重ねられていた。片隅に小さな暖炉があり、薪も組まれ、あとは火をつければいいだけになっていた。アーチ型の窓から遠くにムジメットの山塊が見えた。白くて四角い家々が斜面に点在していた。

「お気に召して？」

「それはもう……」

マダム・シュワゼールは鳥かごを窓のそばにあったテーブルにのせた。モロッコ式寄せ木細工のテーブルだった。フクロウは首を左右に傾けながら、しきりに周囲の気配に聞き入った。

「快適そのものだ」ひとりになると彼はそうつぶやいた。ベッドに寝そべって、頭のうしろに腕を組んだ。窓の仕切りや糸杉の木立の背後で、おびただしい数の椋鳥《むくどり》や雀《すずめ》の鳴き声が、午後の神々《こうごう》しい黄金をちりぢりに裂いていた。

「でも長くはつづくまい」と思った。

36

小さな尖《とが》った顔のジュリーは、彼と並んで歩いていた。白い砂浜ははるか遠くまで、ラス・アシャカルの南側までのびていた。ラス・アシャカルにはコッタの遺跡があった。ローマ人たちは、そこで何世紀にもわたってオリーブの実をつぶしてオイルを取りだし、イワシやマグロを塩漬けにしたのだった。「ここで頭や内臓、ひれや尻尾をとって、魚のペーストをつくったの。床《ゆか》にはタイルがぴったり敷きつめられていたわ。一部はまだそのへんにのこってるはずよ」とジュリーは解説をしてくれた。ルスポリ王女が一九五〇年代に発掘をはじめたが、独立後、モロッコ政府は、それをやめさせた。ジュリーはできればその発掘をつづけたかった。

ふたりは小さな瓦礫《がれき》の山から遠ざかった。瓦礫のひとつひとつに番号がつけられていた（ジュリーによれば、亡くなった王女の手になるものだった）。それらは巨大なジグソーパズルのピースを思わせ、いつかローマの浴場を再現するはずだった。海上には輪郭のおぼろげな砂塵の城が浮かんでいた。そして夕日は、まわりの美しい色彩を刻々と変化させるのだった。

「もしかしたら来年またくるかもしれないわ」とジュリーはいった。「だけどここで仕事をするためにはモロッコ国王の許可が必要なの。それがけっこう難しいのよ。クリスティーヌがラバトの偉い人にでもたのんでくれないかぎり、まず無理でしょうね。でもまあ、とりあえず来週からこちらの学校に通ってマグレブのアラビア語の勉強をはじめるわ。言葉を知らないことにはどうしようもないもの」

「うらやましいよ」彼はジュリーの手をにぎった。

ジュリーの笑顔は少しこわばった。

「奥さんを」と切り出した。顔は前に向けたままだった。「裏切っても気がとがめないの？」

「とがめるけど、しかたがない」

「理解できないことだわ」

こういうとき、シャンフォールの言葉が役にたってくれた。

「ラウラは、裏切らずにはいられない女なんだ」

「それってどういうこと？」ジュリーは少し眉をしかめて尋ねた。

「捨てられない女だってことさ」彼はかすかに笑った。

「そうなの」とジュリーは小声でいった。そして言葉を噛みつぶすように。「Imbécile.（馬鹿なやつ）」

彼女は足を止め、くるりと向き直った。

「どうしたんだ？　ジュリー」

「べつに」

「怒ったのか？」

「いいえ」

　ふたりは無言のまま歩きつづけた。砂浜に長い影が映しだされていた。車が、海岸の端の岩場の上に停めてあるのが見えた。

37

　ラシッドはカフェ・ティンジスにいなかった。彼はそのまま港まで下りて、タクシーを拾った。

「大通りですか？」

「いや、モンテ・ビエホだ」とマグレブ語でいった。「わかる？」

「ええ」と運転手は答え、ちらっと彼の顔を見た。

「お客さんは、モロッコの人？」

「いや」

「チュニジア？」

「いや」

「エジプト？」

「いや」

「どこですか？」

「コロンビア」

「コロンビアじゃアラビア語を話すんですか？」

「いや、スペイン語」

「ここでもスペイン語が通じる」運転手はタンジェ訛りのスペイン語でいった。「コロンビアの暮らしはどうですか？」

「ここと似たり寄ったりだよ」

「じゃひどいんですね」

「そういうことになるか」

ラジオでモロッコのサッカーの試合が実況されていた。運転手はコロンビアでもサッカーくじをやるのかと聞いた。

「モロッコほど盛んじゃないけどね」

「なかなか面白いよ。金持ちになれる」

「運がよければな」

「お客さんには運がありそうだ」

「さあ」と彼は答えた。「運も気まぐれだからね」

「お客さんのいうとおりだ」

ベンツは危なっかしげにカーブを切ると、カリフォルニア地区の坂を下《くだ》りはじめた。

「お客さんは、アラビア語を習ってるんですか？」

「習いたいとこだ」

「好きなんだ」

「大いにね」

「イスラム教は、知ってる？」

「もちろん」

「いや、ほんとうに知っているのかということですよ。お客さんは、イスラム教徒？」

「いや、キリスト教徒」

「じゃ知ってるわけないですよ」

「まあそうだね」

「でもイスラム教徒になれるよ。簡単です。こういえばいいんだ……」

「わかってるよ。このあいだも聞いた」

「そうか。お客さんの自由だ。ええと、ユダヤ教徒じゃないですよね？」

「まあね」

「じゃ、問題ない。いつでもイスラム教徒になれるよ」

車はバスコ・ダ・ガマ通りを進み、シーディ・メスムディの街道をめざしていた。途中、クウェート王女の邸宅の前を通った。

「このあたりには、とびきりの金持ちだけが住んでる」と運転手は吐き捨てるようにいった。それを聞くとなぜか恥ずかしくなった。

「ここでおろしてくれ」と彼はいった。マダム・シュワゼールの家の前だった。

「ここ？」運転手は門の前に車を停めた。「百ディルハム」

「何だって？」

「ミア・ディルハム。百ディルハム」

「高すぎる」

「高すぎる？　じゃ八十に負けとくよ」

「二十にきまってる」

運転手は前を向いたまま首を振った。「しかたがない。じゃ五十だ」しばらくして運転手はそういった。

「三十だね」彼は小銭をかぞえた。「これでめいっぱいだ」

代金を差しだしたが、運転手は受け取ろうとしなかった。ドアを開けると、座席の上に金を置いて、タクシーを降りた。ドアを閉めるとき、運転手は振り返って、罵声を浴びせた。

「Intina yehudi!（けちなユダヤ人め！）」

タンジェにつづく広大な青空を背に、おびただしい数のツバメがひとかたまりになって飛びまわっていた。ツバメたちは、巨大な網の無数の結び目のようだった。そして網は、まるで大自然の気まぐれな意志にしたがうかのようにしきりに形を変えるのだった。

38

フクロウが目を開けると、夕暮れの潤《うる》んだような淡い光に出くわした。片方の耳を窓のほうに向け、日没の空気を満たすさまざまな物音に耳を澄ました。海から上がってくる単調なざわめきが、それらの物音と混ざり合っていた。いつものように男の声が飛び交った。その時間になると、いつもそうだった。鳥たちの飛翔はなおも空を引き裂いていた。もっとも、木の枝にとまって鳴いているのもいた。窓のそばで虫たちが羽音をたて、夜の蝶は、ガラスに反射する最後の陽光に誘われて舞いはじめた。ヤモリが窓の下のすき間に忍び込み、背のこすれる音がした。枯れ葉や砂やコガネ虫の死骸が、風に少しずつ運ばれていた。バッタが草の上を跳んだ。暖炉の準備をしていた老人は、時間がくると、いつものように意味不明の仕草をはじめた。――ござの上で体を動かすたびに、その足や膝が音をたてた。

餌をくれる男が、外で誰かと話していた。自動車のエンジンの音に消されて、ふたりの声はかろうじて聞こえた。相手がふいに声を張りあげ、車は走りだした。小型犬がさかんに吠えたてた。やがて庭の高いところから敷石道を下りてくる足音がした。

その足音におぼえがあった。午後の早い時間に、うとうとしていた自分を起こした少年の足音だった。

そのとき窓ガラスを指でトントンと叩き、「ユック、ユック」と声を出したので、ぎょっとした。かつてそれと同じ声を、別の少年が口にするのを聞いたことがあった。

それは旧イタリア病院の廃墟に棲《す》んでいたころのことだ。荒れ果てた庭に面した庇《ひさし》に巣をこしらえたのだった。花壇には雑草が生い茂り、木々の枝から蔓草《つるくさ》が垂れ下がっていた。そこには人っ子ひとりいなかった。尼僧や修道士たちの姿も、もう何年も前から見かけなくなっていた。そこなら安全だろうと思ったのだ。庭の向こうには鉄柵がそびえ、その向こうは道路だった。鉄柵のそばには大きな犬小屋があり、かつてはシェパードのねぐらだった。だがある日、そこにモロッコの少年が住みついたのだ。田舎から出てきたらしく、身のこなしはいかにも農村の人間のようだった。その少年に、明け方、巣にもどってくるところを見られたのだろう。やつは梯子《はしご》をかけて庇にのぼり、寝込みをおそってきたのだ。いきなり麻袋を被《かぶ》せられ、脚をひもでしばられた。そのときの記憶がよみがえると、身震いして、つい悲鳴をあげた。いまはあのときと違って、目を開けていた。だがやはり、どうすることもできないのだった。

39

「ねえ、二階よ！」とマダム・シュワゼールの声が、バルコニーから降ってきた。「どうでした？」

「Comme ci, comme ça.（まあまあってとこかな）」と彼はバルコニーを見あげながらいった。「ジュリーは？」

「戻ってきたわ。だけど買いそびれたものがあって、またおつかいにいったわ。夕飯に友だちがくることになったの。モロッコ人と結婚したベルギーの女の子よ。よかったら、ごいっしょにどう？」

「ありがとう。ご馳走になるよ」

「お客たちは七時にくるわ」

「何か手伝おうか？」

「だいじょうぶ。支度はもうできてるの」

「ほんとうに？」

「じゃ、庭の花を少し切ってもらおうかしら？」

40

夜は、いま切り取ったばかりのジャスミンの香りがした。小さな離れのドアを押すと、開いた窓と空《から》の鳥かごが目に入った。彼は言いしれぬ喪失感におそわれた。フクロウのせいではないと自分に言い聞かせた。ベッドの下をのぞき込んだとき、ひんやりした風が頭をかすめた。開けておかなかったはずだと訝《いぶか》しがりながら窓を閉めた。かごの中の薪に気づくと、アルティフォの顔が浮かんだ。もしかしたら何か知っているかもしれないと思った。窓越しに外の闇を見た。闇は遠くのきらめきのせいでいっそう濃く感じられた。明かりはタンジェの湾をはさんだ丘の上に点在し、一瞬星のまたたきかと錯覚した。

外に出ると、離れをぐるっとまわってフクロウの姿をさがした。窓から外へ飛びだしたのなら、まだ近くにいるかもしれないと思った。母屋に向かって歩きながら、途中で聞き耳を立てた。二階の部屋でマダム・シュワゼールとジュリーが言い争っていた。話の内容までは聞き取れなかった。母屋を一周すると、薪を保管する小屋の近くでアルティフォに出くわした。

「やあ、アルティフォ、ぼくの部屋に入ったのか？」

「いいえ、まだですが、ムッシュ」

「誰が薪をはこんだのか知らないか？」

「ええ。ファティマだったかもしれませんが。足りませんか？　お持ちしますよ」

「いや、そういうことじゃないんだ。誰かが窓を開けたんだ。君じゃなかったわけだ」

「ええ、ちがいます、ムッシュ」

「誰が開けたんだろう？」

アルティフォは肩をすくめた。部屋の窓を開けられたぐらいで、どうして腹を立てているのかわからないというそぶりだった。

「フクロウが逃げたんだ」と彼はいった。「見かけなかったかい？」

「いいえ。鳥かごの中に入ってませんでしたか？」

「かごの外に出しておいたんだ」

「ほう。それはまたどうして？」

「それはつまり……。まあ、もう気にするな」彼は苛立ちをこらえながらきびすを返した。

「モロッコにいるってことを忘れてはいけないわ」とセブティ夫人はいった。サラダを盛った皿をマダム・シュワゼールに差しだした。「ここでは結婚してない男女の性的な関係は、法律で禁じられているんだから。処罰の対象だわ」

「男と女の関係だけはね」とマダム・シュワゼールは女の夫であるアディル・エス・セブティのほうをちらっと見た。

　モロッコ人の夫はジュリーと話し込んでいた。

「もちろんさ。塩漬けしたイワシと同様に、オリーブオイルのほとんどは、ここから出荷された。カディスで大きなアンフォラ壺に詰め替えられて、ローマに送られたんだ。こういう商売の仕方はとっくの昔に発明されていたってわけさ」

　モーターボートの音が聞こえてきた。海から上がってくるそのくぐもった音が鮮明に彼らの耳に届いた。

「密輸業者だな」とアディルはいった。

彼らはしばらくその音に聞き入った（ボートは海岸から遠ざかっていった）。やがて会話が再開した。

「あなたはイスラム教徒なんでしょう？」とジュリーはセブティ夫人に聞いた。

「モロッコ人と結婚すれば自動的にそうなるわね」

「そういうのってちょっとばかげてるわね」とマダム・シュワゼールはいった。「ここの人たちは改宗なんて信じないんだから。都合のいいときだけよ。あなたのときみたいにね。敵の女を手に入れるんだから」。そこでにこっと笑ってみせた。「一族一門が大事だと考える連中のメンタリティなのね。ごめんなさい、アディル。だけどわたしにはそう思えるの」

「コロンビアの女性はどうなの？」とセブティ夫人は、話の輪に引き入れようと彼に水を向けた。

彼はフクロウのことを考えていた。

「すみません、ぼんやりして……」

「コロンビアの女性たちは信心深いの？」夫人はあいまいに笑った。「それとも自由奔放なの？」

「いろいろかな」と彼は答えた。

「じゃここといっしょね」

「でもまあ、こっちのほうが、もう少し保守的かもしれない」

「となると、スペインの女たちと同じだな？」

「それってどういうこと?」とマダム・シュワゼールは口をはさんだ。

「同じくらい開放的だってこと」アディルは口元をほころばせた。

「さあどうだろう?」と彼はいった。「スペインの女性たちのことはよくわからないな」。ジュリーのほうを向いた。「フクロウがいなくなったんだ。窓が開いてたよ。ちゃんと閉めて出たはずなんだけどな」

マダム・シュワゼールはアディルにいった。「確かにそれでより幸せになるとはかぎらないわ。だけど試してみるだけの価値があると思うの」。それから彼に目を向けた。「フクロウがいなくなった? どういうことかしら?」ふと考え込んだ。「ほかになくなったものは? お金とか貴重品は?」

「いや、それはない」

「アルティフォの孫が……」マダム・シュワゼールは言葉を継ぐのをためらった。ほかの者たちは、モロッコ人たちの自由と解放をめぐって意見を戦わせていた。「あの子はあなたの部屋のあたりをうろついていたわ。あとで聞いてみましょう」

「いや、違うんだな、それは」とアディルはいった。「不法に滞在している黒人を、どんどん牢屋にぶち込むべきだよ。まったく世話の焼ける連中だ」

ジュリーは憤慨した。

「イワシやオリーブオイルのことにはお詳しいでしょうけれど」とアディルにいった。「それ以外のご意見は、ヨーロッパやほかの文明社会では通用しないわ」

「この国から出ていくつもりはないのでいっこうにかまわないさ」とアディルはいくらか苦しげな笑いを浮かべた。「宗教をかえるつもりもないし……。まあ心配は無用だ」

セブティ夫人はとがめるような目で夫を見た。

「眠いわ。帰りましょう」。

マダム・シュワゼールはふたりを玄関口まで見送った。ジュリーは少し気が立っているように見えた。彼女は汚れたグラスを集めて、台所に運んだ。やがてビール瓶をトレーにのせて戻ってきた。

「ひとつどう?」と彼にいうと、彼は手をのばして小さなボトルをつかんだ。「いまクリスティーヌが、アルティフォに孫のハムサのことを聞いてるわ。どうやらフクロウをさらったのは、あの子だわ」

しばらくするとマダム・シュワゼールが戻ってきた。満足そうな表情を浮かべていた。暖炉のそばに腰を下ろすと、ビールをグラスの半分ほど飲んだ。

「どうやら謎が解けたわ」といった。

彼らはアルティフォのあとについて歩いていた。道の両側にはサウジアラビアの王子たちの邸宅がつらなり、塀の上には尖《とが》った金属やガラスのかけらが林立していた。風は陽光をかすめ、音をたてた。塀の連なりがふいに途絶えると、ゴミ捨て場が目に入った。ゴミの山は海に向かって崩れ落ち、杉林の斜面をおおっていた。紺碧《こんぺき》の海が海岸に打ち寄せる音が聞こえた。二羽のカラス、そしてもう少し下のほうでは、二人の女が、ゴミ捨て場をあさっていた。女たちは青緑とマンダリンオレンジ色のジュラバをまとい、頭に黒いハンカチーフを巻いていた。

やがて彼らは大きな屋敷の前を通った。水車が壊れているようだった。そこでいきなり視界が開けた。緑色をなす急な斜面が、スパルテル岬の岩場まで波うっていた。

そこを過ぎると、古い石畳の道に入った。まわりにはクローバーの野が広がり、山羊《やぎ》や羊の糞《ふん》が点々と落ちていた。アルティフォは、藍《あい》色に塗った石造りの小屋の前で立ち止まった。まわりの灌木《かんぼく》の上には、洗濯物が干してあった。アルティフォは大きな声で名前を呼んだが、返事はなかった。

彼らは岩場に刻まれた小径をのぼって、廃屋となったペルディカリスの屋敷をめざした。途中で別の小径に入り、こんどは下りはじめた。小さな岩棚の上に羊飼いの小屋があった。石とトタン板でつくった小屋で、硫酸鉄とタールを塗り込んだ黒いキャンバスが屋根をおおっていた。

ハムサも羊たちもいなかった。

「じきに戻ってくるはずです」とアルティフォはいった。

草の上に腰を下ろすと、彼らは海を眺めた。五十メートルほど下で波は、断崖から剝がれ落ちた岩の上に砕け散った。

しばらくすると石をひっかくひづめの音が聞こえた。やがてふたつの大岩のあいだから羊の群れが現れた。先頭の羊は足を止め、見知らぬ者たちに怪訝《けげん》そうな目を向けた。だが後方の羊たちに押されると、ふたたび小走りに走りだした。その先に石とサンザシの囲いがあった。

「さあ、さあ！」あとからやってきたハムサは声を出して羊を追い立てた。

群れが囲いの中におさまると、ハムサは戸を閉め、頭数をかぞえた。それからゆっくりとした足取りで祖父に近寄り、あいさつした。

アルティフォは孫とマグレブ語で話した。途中で彼はふたりをさえぎった。

「フクロウを知らないかって聞いてくれないか？」とアルティフォにたのんだ。アルティフォは居心地悪そうに体を動かし、頭を振った。

「ええ、ちょっと待ってください」

ややあって、アルティフォは少年を問いつめているように見えた。だが少年は無表情のままだった。マダム・シュワゼールの名前が出ると、ようやくハムサはうなずいた。そしてスペインの海岸をかき消している霧のかたまりをしばらく眺めてから、それまでとは違った口調で、何かを話しはじめた。少年の説明が終わると、アルティフォは彼らのほうに向き直って、重々しい声でいった。

「ええ、フクロウはこちらにいます」

「なるほど」と彼は穏やかに答えた。「どこだろう?」

しばらくマグレブ語でやりとりがつづいたあと、ハムサは小屋に向かった。がたついた小さな戸を開けると、外国人たちがあまり屈《かが》まなくてもすむように、羊飼いの杖で帆布をもちあげた。

目が暗がりに慣れると、止まり木の上にフクロウがいるのがわかった。頭を曲げ、うつむいているように見えた。彼はアルティフォのほうを振り向くと、爺さんはホッとしているようだった。

「どうして連れてきたんだい?　なんていってるんだ?」

フクロウは頭をあげてまわりを見た。

ハムサはさらに祖父に何かいった。祖父は、彼ではなくジュリーのほうを向いて通訳した。

「誰かが飼っているフクロウだとは知らなかったんです」といった。「窓にいるのを見かけた。けがをしていたので、てっきりそこで休んでいるのかと思ったそうです。それで捕まえました」

「鳥かごは？」と彼はいった。「鳥かごは目に入らなかったのか？」

「見なかったそうです」

「フクロウを捕まえてどうするつもりだったんだ？」

「手当てをしてから、放すつもりでした」

「売ろうとは思わなかったのか？」

アルティフォは彼に目を向けた。

「フクロウを買うやつはいませんよ」

《うそをついてるな》と彼は心の中で思った。だが売れないだろうとも思った。

「ほんとうかい？」

「まあほとんどお金になりません」とアルティフォは言い直した。「ときには子どもたちが捕まえて、魔法使いの婆さんやユダヤ人に売ったりはしますが。呪術に使うんで……」

彼はジュリーに目を向けた。

「どうしたらいいと思う？」

羊飼いの少年は純情そうな表情を浮かべた。無骨だが、心根は悪くなさそうだった。

「けがを直してやれるというのなら、まかせたら？」と彼女はいった。

ハムサにそんな芸当ができるとは思えなかったが、うなずいた。

「そうだな。それがいいか」

アルティフォのほうに振り向いた。

「じゃ、フクロウをたのんだよ」

帰るとき、ジュリーはハムサに手を差しだした。彼もそうした。そしてフクロウの前にしゃがむと、頭をなでてやった。フクロウは頭を振った。

ジュリーにつづいて外へ出た。一日がいちばん明るくなる時間だった。空には細長い雲が、地平線の端から端まで幾筋ものびていた。ふたりは艶《つや》やかな青い空気を吸い込みながら歩きだした。ジュリーは親しみのこもったしぐさで彼の腕をつかんだ。

「あれでよかったわ」

「だといいんだが」と彼はいくらかためらいがちに答えた。

小屋から飛びだしてきたアルティフォは、ふたりに追いついた。

「すみません」と呼びかけた。「孫がフクロウに餌を買うんで、少しお金をいただけないかと……」

彼はため息をついて、寛大な笑顔を浮かべた。ポケットから二十ディルハムの紙幣を取りだすと、アルティフォに渡した。アルティフォは急いで小屋に引き返した。

ジュリーがふたたび彼の腕をとると、ふたりは老人を待たずに斜面をのぼりはじめた。

「もう話したかしら？」とジュリーはいった。「コロセウムの献納式でローマ人たちが生け贄にした九千頭のライオンは、全部モロッコのライオンだったのよ。ボルービリスから送り出されたの。二世紀足らずでほぼ絶滅させられたわ」

道のいちばん高いところにさしかかると、彼は足を止め、西側に開ける海を見晴らした。これを見るのもこれが最後かもしれないなとふと思った。ぼんやりした哀しみが胸をよぎった。

43

ジュリーのことを考えながら、彼はプチ・ソッコにむかってプラテーロス通りを足早に下った。通りでは固いトゥロン菓子や木苺《きいちご》のクレープが売られていた。ジュリーに教えられて、そこがかつて古代ローマの石畳道だったことは知っていた。

カフェ・ティンジスにたどり着いたとき、ラシッドはいつものように友人たちとサッカーくじに興じていた。

「ベティス対アトレティコ・デ・ビルバオ……、マジョルカ対サラマンカ……、レアル・マドリード対バルセロナ……」

ラシッドは彼に気づくと、「ちょっと待ってくれ」と声をかけ、ふたたびサッカーくじに没頭した。

彼は広場の向こうにあった店のショーウィンドウをのぞきにいった。あのあたりに昔、古代ローマの公共広場《フォーラム》があった。ラウラは、モロッコの琥珀のネックレスを喜んでくれるだろうか？　たぶん喜んでくれるだろう、と思った。だがそのネックレスを買う金がなかった。

「やあ、相棒！」賭けを終えたラシッドが叫んだ。広場を横切って、近寄ってきた。

「やあ、元気か？　ラシッドのことを忘れちまったのかと思ってたよ。時計を取りに来たのかい？」そういいながら笑った。「金を持ってきたか？」ふたりは力をこめて握手した。

「いや。時計はそのまま持っててていいよ」ラシッドの手首に視線を走らせたが、時計はなかった。「引き揚げるので挨拶に来たんだ。パスポートがじきに届くらしい」

「コーヒーを飲もう。今度はおれのおごりだ」

ふたりはプチ・ソッコを出て、カフェ・スタハに向かった。

「帰ってしまうのか。残念だな。頼みたいことがあったんだ」カフェの小さなテラスに腰を下ろすと、ラシッドはそう切り出した。湾の金色の光がふたりの目の中で戯れた。そのやわらかな光や港を離れる船の汽笛、黒煙草やコーヒーの香りが、ふたりの最後の会話に、ノスタルジックな趣《おもむき》を添えた。「今度のサッカーくじは、間違いなくいただきだ。みんなで知恵をしぼったんだ。賞金はスペインへいって取り立てるんだが、それをあんたに頼むつもりだったんだ。あんたなら信用できるからな」

「それは光栄だ」と彼はいった。「帰るのでなければ、よろこんで手伝ってやりたいところだ」

「Insha Al-lāh.（インシャアッラー）」

ふたりはやがて腰をあげ、港に向かって歩いていった。

「フクロウはどうした？」とラシッドが尋ねた。

ふたりはタクシー乗り場の前で別れた。彼は、その週のうちに帰らなかったら、ラシッドたちのサッカーくじがうまくいったかどうか様子を見に来るといった。

「一発当てたら、アルヘシーラス［スペイン南西部の港町］へ賞金を取りに行くのはあんただ。いまから胸が高鳴るよ。あんたの取り分は五パーセントだ。ほんとうだぜ」

「わかった」と彼はいった。

「じゃまた会おう」とラシッドは彼を抱きしめ、左右の頰にキスした。「万が一もう会えなかったら、Trek salama!（元気でな！）」

ネックレス

44

大好きなあなたへ

手書きだとスペースを取ってしまうのでワープロで書くことにします。パスポートの件、ほんとうに残念でしたね。これでまた当分会えないのね。大使館に行って、一等書記官に相談してみました。月曜日に返事をもらうことになっていますが、手続きに時間がかかりそうだといわれました。それを考えただけで胸が苦しくなるわ。

伯父さまに事情をお話ししました。あまりいい顔をしませんでした。ちょっと偏屈なところがあるものね。お給料から休んだ日数分を差し引くのだといってました。あなたが期待の甥《おい》っ子でなければ、とっくに首にしたはずだということでした。

ゆうべソラーノ家に電話をかけてみましたが、ビクトルはまだ戻っていませんでした。どうやら飛行機がマドリードを遅れて出発したようです。
では、よそ見をしないでくださいね。

45

私のダーリンへ
バブーシュ［スリッパ型の革靴］とカフタン［襟がなく、袖のゆったりした長い上衣］をありがとう。土曜日に帰り着いたビクトルが、空港からまっすぐに持ってきてくれたわ。サイズはピッタリよ。
月曜日はビクトルの誕生日だったので、ビクトルのお父さんの小型飛行機に乗って、ソラーノ家のみなさんとチョコーの国立公園を見物してきたわ。公園に着くとすぐにいろんな動物に出くわしたので、みんながビクトルに挨拶するために顔を出しているのかしらと思ったくらいよ。ずいぶんいろんな動物を見たわ。茶とオレンジの子ギツネやクモザル、二羽のオニオオハシや一頭のハナジロハナグマ、わたしたちの目の前でヘビにのみ込まれたかわいそうな小トカゲ、それに何千という黄色い蝶……。密林のそこらじゅうをふわふわ飛んでいたわ。そろって南をめざして飛んでいるの。私たちがいたあいだじゅう、何時間も途絶えることなく飛んでいたわ。ビクトルはそれを見て、天候異変の前ぶれかもしれないといったの。

今朝一等書記官に電話したら、会議中だといわれました。折り返しの電話を待ったけれど、電話はかかってきませんでした。

46

ダーリンへ
きょう伯父さまから電話があり、あなたから連絡がないかと聞かれたわ。ビクトルがあなたのポストを担当することになったようなの。留守中だけのことだからって約束してくれたわ。伯父さまに大使館に連絡をとっていると話したら、例の書記官に自分からも強くいっておくといってくださったけど、逆効果になりはしないかと心配だわ。だってあの書記官、セバスティアン・ビチーリアっていうんだけど、相当変な爺さんなのよ。あなたの友人のブランカだったら、できそこないの爺さんというでしょうね。とにかくもう開いた口がふさがらないようなおかしなことをいいだすんだから。あなたがタンジェのようなところでパスポートをなくしたのは認められんというの。あそこが堕落のメッカであることを知らない人はいないんですって。それから、あなたが訪ねた名誉領事は、いかがわしいアメリカ人で、関わりを持ちたくない、手続きはすべてラバトの大使館を通じてやってほしいっていうの。そしてなんと、あなたがパスポートをモロッコ人に売ったかやったんじゃないかって私に聞くのよ。そういうケースは珍しくないんですって。ジブラルタル海峡を泳いで渡ろうとして、溺れ死ぬモロッコ人が毎日けっこういるというのはほんとうなの？

じゃダーリン、体に気をつけてね。あまり退屈しないように。そして私のこともときどきは思い出してね。

47

ハンサムなあなた、こんにちは！

いまどこなの？　アトラスホテルに電話したんだけれど、もうチェックアウトしたっていわれたわ。あなたはホテルには直接電話できないっていってたけど、ちゃんとかかったわよ。

あなたの伯父さんがビチーリアと話をしたんだけど、やはり話がこじれてしまいました。あなたが麻薬の密輸にからんでるかもしれないって本気で言いだしたのよ。もうどうしていいかわからないわ。なんだかあなたが遠いところにいってしまったような気がするの。このあいだのファックスはとてもよそよそしく感じられたわ。あなたが戻ってくるときには、また熱いときめきを運んできてね。

それからお金のことだけど、いわれたようにあなたの口座にまた入れておきました。だけど、こちらにもそれほど余裕があるわけじゃないのよ。電話料金が値上がりして、ファックスの代金も馬鹿にならないの。

48

私の愛しい人へ
フクロウのためにホテルを変わらなければならなかったという話は面白かったわ。だけどあなたが手紙を寄こすのは、お金の用件を伝えるためだけというのは少しも楽しくないわ。一日じゅう何をしてるの？　このあいだも書いたように、ビクトルのことで焼き餅を焼いてはだめよ。
ところで今度のハリケーンはすごかったのよ。あのミッチ並みの規模だったとみんながいってるわ。三日前に非常事態が宣言されて、仕事はどこも休みなの。少なくともカリではそうよ。だから週末に、雨を眺めていてもしかたがないので、ソラーノ一家とチョコーへ行って来たの（不思議な感じがするけれど、あちらは素晴らしいお天気で、毎日そんなふうだとビクトルの友だちがいっていたわ。その友だちの別荘は、国立公園の中にあって、目の前にアトラト川が流れているの)。とにかく海岸部では大勢の死者が出て、家を失った人は何千にものぼるらしいの。道路はもうひどい状態になっているわ。

どうしたらいいのか、毎日落ちつかない気持ちですごしています。いったいいつ帰ってくるの？

49

お元気？

ゆうべ遅く旅行から帰ってきたら、あなたからのファックスが届いていたけれど、数行しか入っていませんでした。うっかりしてロール紙を交換するのを忘れて、紙が途中でなくなっていたみたい。わるかったわね、もう一度送信してください。

それから、ラバリーアとかいう人からあなたに電話があったわ。家をなくして、困っているとか。伯父さまはもうカンカンで、あなたのことですごく腹を立てているわ。倉庫に一メートルも入り込んだ泥流が、だいぶ固まってきたみたい。あれをもとどおりにするには、かなりの時間とお金がかかりそう。あなたが帰国証明書を申請すれば早く帰れたのに、パスポートにこだわったのは、休暇をのばしたかったからだと伯父さまはいってるわ。

では、急いで出かけなくてはいけないのでこの辺で。

50

こんにちは。

さっきビチーリア氏から電話があって、パスポートを特別郵便でタンジェのマダム・シュワゼールとかいう人あてに送るので、百ドルを請求されました。そのお金をどうやって工面すればいいのか頭が痛いわ。

こちらではいろいろありました。けっこう大きな変化もあったの。

あなたにいちばんこたえるのではないかと思うけれど、伯父さまが正式にビクトルをあなたのポストに据えました。ひと月近く仕事をあけているんだもの。フェアではないと伯父さまに電話で抗議したけれど、それっきり電話がないのよ。たぶんもう私と話したくないんだと思います。

ベゴニアとビクトルが別れるらしい、というか、もう別れたわ。ベゴニアが出ていったの。で、私は（これを書くとほんとうに胸が張り裂けそうなんだけど）、今夜のうちにもこのアパートを出るつもりよ。もう二度と帰りません。

第3部

51

　尾行者はスペインの税関職員のガードをうまくくぐり抜けたにちがいない。密輸業者が日常的にそれをやってのけていることは誰もが知っている。やはりラシッドから持ちかけられた話を引き受けたのはまずかった。分け前がたとえ賞金の一割だったとしても首を縦に振るべきではなかったのだ。

　尾行者はおそらくあのときラシッドとサッカーくじを書き込んでいた男たちのひとりだろう。それは間違いないはずだ。そして今、メリージャ酒場でスペインの徴集兵たちが、郷愁にかられながら、にぎやかにビールを飲んで、酔っぱらっているときに、そのモロッコ人の追っ手は、おそらく店のむこうの片隅でビリヤードにでも興じているのだろう。

　彼はカウンターのビールを手にとると、くるっとまわって近くにいたモロッコ人の女を見た。かなりきれいな女だった。髪の色が淡く、灰色の目をしていた。スペイン人の男と話し込んでいた。男は、分厚い面《つら》の皮に深い皺《しわ》が刻まれ、煙草のせいか、声がしわがれ、金属的に響いた。女はおそらく密売人か娼婦なのだろう。あるいは両方かもしれなかった。

彼は向き直ってカウンターのむこうの大きな鏡に相対《あいたい》した。ラシッドは彼を信用したが、いま彼はラシッドを信用していなかった。だが不信を抱いているからといって、それでサッカーくじの賞金を受け取ったあと、タンジェに戻らずに、どこかへ消え去っていいということにはならなかった。誰かに後をつけられているとすれば、そうした顚末《てんまつ》を防ぐための手だてだろう。ズボンの隠しポケットに指を二本入れ、サッカーくじ券のへりに触れてみた。五千万ペセタはやはり抗《あらが》いがたい金額であった。

いったいいつから尾行されているのだろう、と考えた。相手の術中にはまらないように、土壇場で計画を変更していたのだ。ラシッドにいわれたタンジェ・アルヘシーラス間のフェリーには乗らずに、メリージャ［モロッコ北岸に位置するスペイン領の港町］行きのバスに乗ってきたのだ。宿を明け方に、予定よりも三時間早く出たのだ。バスターミナルまでは誰にもつけられなかったはずだ。だがアトゥプが連絡した可能性もある。

ビールのお代わりを頼むとき、胸ポケットをさぐった。そこに新しいパスポートが入っていた。それからさっきのモロッコ美人にもう一度目を向けた。女は気づいて、すばやく微笑みかけた。スペイン人は床《ゆか》に散らばる吸い殻やおがくずに視線を向けたまま、ながながと何かを話しかけているようだった。

メリージャで死ぬのはばかげていると思った。

酔うほど酒を飲みたくなかった。それに寝るにはまだ早すぎた。酒場を出ると、ホテルのあるプリモ・デ・リベーラ通りに向かわずに、角を曲がって、ファン・カルロス一世通りに入った。ときおり後ろを振り返りながら、スペイン広場まで歩いた。追ってくる者はいなかった。通りはしだいに活気を取り戻しつつあった。昼寝の時間はすでに終わっていたのだ。タンジェでもそうだったが、人びとの活動は、鳥たちの鳴き声やさえずりによって一段とにぎやかさを増した。

スペイン広場には、どこかカタルーニャ的な雰囲気があった。だが正面壁の化粧漆喰《しっくい》にしても化粧タイルにしても、軒先を並べる旅行代理店や商店のネオンサインの醜悪さをどうにも覆い隠すことはできなかった。彼はすでにアルメリーア行きのフェリーのチケットを手に入れていたが、ふいに行き先をマラガに変えることにした。パブロ・バレスカ通りの旅行代理店に入ると、フェリーと飛行機の料金にさほどの差がないことがわかった。飛行機でマラガ［スペイン南部の都市］に飛ぶことにした。そのほうが尾行が困難になるはずだった。もし尾行されていればの話だが。

通りに出ると、行き交うスペイン人たちの中にモロッコ人の姿を探した。だがけっきょく尾行されていると考えるのはばかげていると思うほかなかった。メディナ・シドニアにむかって、海岸沿いのマシアス将軍通りをのぼりはじめた。説明しがたい郷愁――タンジェで初めて味わったあの喪失感――によってそこへ引き寄せられているような気がした。

簡略な迷路をとおってサンティアゴ・マタモーロスの聖堂に出ると、さらに小さな砦《とりで》までのぼった。シャウエンの砦をほうふつとさせたが、市立博物館だった。閉まっていた。城壁に沿って歩いているうちに小さなモロッコ式の市場に出た。ジュリーといっしょにシャウエンに行った日のことを思い出した。あのあと彼女はマダム・シュワゼールとパリに行ってしまった。それで彼はけっきょく路頭に迷うことになった。マダム・シュワゼールは、屋敷にそのまま居てもかまわないとはいってくれなかった。当然といえば当然のことだが、彼はほのかな期待を抱いていたのだ。その後、ジュリーからの便りを待った。何週間かすぎたある日それが届いた。パリで恋人を見つけたと書いてあった。春にはタンジェに戻ろうかと考えているけれど、あなたはそのころまでいるのかしら？　たぶんいないと思う、と返事に書いた。そのあと手紙は来なかった。

のぼってきた階段を避けて、ほの暗い通路に入った。アバンサディージャの広場をめざして下りていった。通路はやがて枝分かれしたが、いちばん広い道を選んだ。だがタンジェのメディナでもよく見られるように、しだいに道幅は狭くなり、小さなパティオで行き止まりになった。黒い猫が音を立てて魚《さかな》の切れ端を嚙んでいた。どこかの窓から子どもの叫び声や笑い声が聞こえてきた。路地を遡《さかのぼ》ることにした。だがふいに前をふさがれた。やはり後をつけられていたのだ。

「通してくれ」恐怖にかられながらそういった。胃がぎゅっとねじれた。

モロッコ人は動かなかった。

「前に会ったことがあるのか？」声がうまく出てこなかった。つばを飲み込んだ。

「むろん会ってる。会ってるとも」その声には予期せぬ抑揚があった。

「そうなのか」息を吸い込んだ。「思い出せないな。名前は？」

「アンヘル・テヘドール」男ははっきりとそういった。

「何だって？」腸《はらわた》がうごめいた。そして毛穴という毛穴をチクリと刺されるように感じた。恐怖でしみ出してきたアドレナリンのせいだろうと思った。脚がかすかに震えたが、止めることができなかった。

アンヘル・テヘドールは、彼の名前だった。「冗談はよしてくれ」とつぶやくのがやっとだった。

「冗談じゃないさ」
二、三歩後ずさった。胃袋に突き刺すような痛みを感じた。
「何の用だ？」

「用なんてないさ」

「ラシッドに頼まれたのか？」

男は首を横に振った。そしてジャケットの下から長いナイフを取りだした。

「パスポートとチケットを出してもらおうか」といった。

まず航空券をポケットから出した。それからしぶしぶパスポートを手にした。

「チケットをパスポートの中に挟むんだ。……こっちの足元に投げろ。さあ、投げるんだ」

つぎに靴を脱ぐように命じられた。奇妙なことに、それを聞くと、気持ちが落ちついてきた。男は靴をつかむと放り投げた。どこかの屋上に落ちる音がした。

「そこでうつ伏せになれ」

体を前方に傾けたとき、ふいに気づいた。男は彼になりきるために、彼を殺す必要があるのだと。彼は男に襲いかかった。ふたつの体が絡まりあって地面に転がった。見知らぬ不快なにおいが鼻孔を打った。だが原初的な戦いには、どこか解放的な心地よささえあった。恐怖が消えた。黒い猫がそばを駆け抜けていった。手が鉤爪《かぎづめ》のように固くなり、男の長髪をねらった。むんずとつかんだ頭を、二度ほど地面に打ちつけた。何かが割れるような音がした。さまざまな色彩と波動が彼の体を貫き、不ぞろいな石畳を流れていく赤い血が、自分のものではないとわかった。

彼の手はやわらかくて四角いものに触れた。パスポートだった。夢でも見ているような信じられない気分だった。さっと立ち上がると、路地を駆けのぼった。最初の角を曲がるとき、一度だけ振り向いた。男の体が動いたような気がした。

フクロウの羽を治したのはけっきょくイスマイルだった。フクロウを単にサルサラと呼んだ。折れた箇所をまず羊の糞《ふん》で固めた。それが取れると、折れた箇所にそっと歯を立ててから、赤と青のテープでくくり、ヤマアラシの下あごをぶらさげた。ハムサが羊の番に出かけると、けがを癒《いや》す歌を歌って聞かせた。母親から聞いた歌や、自分でつくった歌だった。

《おまえが双子を生んだ日に、
おまえは羽を折られたのさ。》
《あたしは双子を生んでないわ！》
《だから羽を折られなかったのさ。》

フクロウはやがて飛べるようになった。イスマイルは夜になると、フクロウの片脚を釣り糸でつないで小屋から出した。釣り糸をのばすとフクロウは大きな翼を広げて、イスマイルのまわりを地上すれすれに静かに飛んだ。

「逃がしたらただじゃすまないぞ」とハムサはイスマイルにいった。「おまえの目ん玉を引っこ抜いてやるからな」

ある日、フクロウはオリーブの古木にとまった。イスマイルは好きにさせた。しばらくしてフクロウは飛び上がったかと思うと、枯れ葉でおおわれた地面に急降下した。オリーブの枝に戻ったとき、小さなネズミをわしづかみにしていた。遠目にもそれがイスマイルにわかった。フクロウはそのネズミを丸ごとのみ込んだ。

53

フクロウをさらってから七ヵ月が過ぎていた。ニッサン［祭］の月、五月だった。待ちに待った季節がめぐってきて、みんなが喜ぶはずだったが、その年はあまり雨が降らなかった。屋根にはコウノトリの姿が見えず、蛇《へび》は巣から出てこなかった。草原が干からび、家畜は痩せこけていた。

イスマイルはだいぶ体が大きくなり、ハムサに反抗しはじめていた。その日の午後、フクロウを小屋の止まり木につなぐと、ハムサはイスマイルに覆《おお》いかぶさった。だがイスマイルは体をかわして、小屋から飛びだしていった。ハムサは後を追わなかった。地面に横たわったまま、にやにや笑っていた。岩場の上から彼をののしるイスマイルのかん高い声が耳に届いた。

ハムサはそばにフクロウがいても気にならなかった。死を招き寄せるといわれる鳴き声や、執拗な視線にもすっかり馴れていた。あとは伯父からの連絡を待てばよかった。連絡が入ればフクロウを殺すつもりだった。あまり早くしても、時間がたつと魔力が失われるかもしれなかった。こちらにまた戻るまで一年ぐらいかかるかもしれない、と伯父はいったが、すでにその一年は過ぎていた。

白人の女が訪ねてきた、ハムサは小屋の中で、アーモンドをすりつぶし、それに蜂蜜とシナモンを加えたおやつを食べているところだった。

「Salaam aleikum（こんにちは）」と外で声がした。

ハムサは小屋の外に出た。

「Aleikum salaam（こんにちは）」と挨拶した。

「私を覚えてるかしら？」と女はマグレブ語で尋ねた。

ハムサはあっけにとられた顔でうなずいた。そして女が黙っているので、つけ加えた。

「ああ、祖父《じい》ちゃんと、男の人が一緒でしたね」

女が微笑んだ。太陽はモンテ・ビエホの尾根に沈み、その光は杉林の黒い幹のあいだから差し込んできた。

「ずいぶんきれいな場所に住んでいるのね」と女はいった。

一隻のタンカーが、海峡の濃い靄《もや》の中に消えつつあった。

「お茶をいれるところでした。よかったら……」

「ありがとう」と彼女は答え、入ってよいものかどうかためらった。「フクロウはまだいるのかしら？」

「そうだよ。中にいるよ」といった。目を閉じながら顔を半開きの小さな戸口に向けた。

「治ったの？」

ハムサはうなずいた。

「ほんとうなの？」

「飛べるよ」

「見ていい？」

「どうぞ」

彼はきびすを返すと、戸を押して、片方の手で入口にかかった黒い布地を持ち上げた。

女を見た。

《トゥウィー、トゥウ》とフクロウは声を出した。そして頭を回して、足音をしのばせて近づいてくる
「こんにちは、元気なの？」

フクロウは治った羽を見せるように翼を広げ、くちばしを開けた。

「すごいじゃないの」女は感嘆の目をハムサに向けた。

ハムサはにっこり笑った。

「Báraca.（どうも）」といった。「お茶を飲みませんか？」

「ありがとう」

ハムサは毛皮の敷物を指さし、女に座るように促した。それから小さなガスコンロに火をつけた。

「お祖父《じい》さんから知らせるように頼まれたんだけど……」と女はいった。

ハムサは警戒するような目を向けた。モロッコ人は悪い知らせを人に伝えるのをいやがる。アルティフォが彼女に伝言を頼んだのならろくなものではないはずだ。

「伯父さんのことなの」

ハムサは目を見開いた。

「来るの？」

「来たいところでしょうけれど」と女はいった。「アルヘシーラスの刑務所よ」

「刑務所？」

「そう」

「どうして？」

「さあ」

「いつ出られる？」

「わからないけど、そう早くないんじゃないかしら」

ハムサは真鍮《しんちゅう》のティーポットに取れたてのミントを入れ、砂糖を加えた。それから小さなカップをふたつ、大皿《アタイフオル》の上にならべた。

「Hamdul-láh（アッラーのご加護を）」とようやくいった。仕方がなかった。「あなたはスペイン人？」

「フランス人よ」

ハムサはスペインの方角に顔を向けた。

「スペインの野郎ども、くたばっちまえ！」言葉を噛みつぶすようにいった。

沸きたつポットを持ち上げて、湯をハーブの上に注《そそ》いだ。湯気とともにミントの香りが立ちのぼった。

「フクロウは放すの？」

「さあ」

「情が移ったのね？」

ハムサは笑った。

「いや」

「じゃ、どうして放さないの？」

「あることのために必要だ」

「あることって？」

「いえない」

「秘密？」と彼女はフランス語でいった。それに当たるマグレブ語を思い出せなかったのだ。

ハムサはフクロウの値段に思いを巡らした。目の前にいるような女はいくらぐらいで買えるのだろうかと思った。フクロウと引き換えに彼と寝るつもりがあるのだろうか？　だがそれは簡単に持ちかけられる話ではなかった。女がそれを望んでいれば別だが。しかし女のカップに唾《つば》を落とせたら、もしかしたらうまくいくかもしれなかった。

「ここでひとりで住んでるの？」

「そうだよ」

「居心地はよさそうね」と彼女はいい、周囲を見まわした。セーターを脱いだ。

ハムサは唇を鳴らしてミントティーの味を確かめた。

「もうちょっとだな」といって、ポットに戻した。「いつか本物の家を手に入れるよ。そのほうがいい」

「そうね」

ハムサは大皿の前にしゃがむと、カップが体の陰になったすきに、唾を一滴垂らした。それから熱いポットを持ち上げ、ふたつのカップにお茶を注いだ。少し泡だった。

「どうぞ」カップを差しだした。

「フクロウを売ってくれないかしら？」

ハムサはあいまいに首を振った。

「どう？」

「いくら払ってくれる？」

「値段はあなたがつければいいわ」

「キスさせてくれないか？」

　ハムサは顔が赤らむのを感じた。女の鼻孔が広がった。

「何ですって？」当惑して女は叫んだ。「何をいいだすのよ」

「悪かった、すまない。自分の気持ちをいってみたまでだ」ハムサはそういいながら、綿のTシャツに隠された小ぶりだけれど、つんと立った女の胸に目を向けた。

「まあいいけど。もう忘れて」女は首をわずかに振りながらそういった。

　ハムサは自分の足元を見た。ナイキのスニーカーはすでにだいぶくたびれていた。

「二百ディルハムでどう？」女はなおも粘った。

　ハムサは地面に目を向けたまま首を振った。

「そう？　ほかに買ってくれる人はいないわよ」

「金はいらないさ」女をじっと見た。「金に興味がないんだ」。お茶を注ぎ足した。

　女は黙ったままそれを飲んだ。そしてハムサの顔をのぞき込んだ。

「三百」

　彼女にもしその気がなかったのなら、もし腹を立てていたのなら、とっくに出ていったはずだ。唾の魔法は効き目があった。チャンスを与えてくれているのだ、と彼は思った。

「フクロウの羽一枚につき、キスをひとつだ」といった。

女は笑った。

「気をそそられるわね」女は微笑んでいたが、どこかぎこちなかった。「山ほどのキスだわ」

ハムサはわずかに身を屈め、女の足を食い入るように見た。腰を下ろしたとき、女は靴を脱いでいた。きゃしゃで真っ白な足だった。ハムサはさらに身を屈めながら顔を寄せたが、女は足を動かさなかった。

「やめて、ハムサ、やめて」ハムサの唇がひんやりした肌に触れたとき、女はいやがった。足を引っこめて、膝を抱えた。「それでお終《しま》い」

女の体はかすかに震えていた。ハムサはそのことに気づいた。ミントティーをもう少し注いでから、頭上の鉤《かぎ》からぶら下がる煙草入れに腕をのばした。そして無言のままパイプにキフを詰め、火をつけた。

「吸うかい？」女にパイプを差しだした。

「ありがとう」パイプを受け取ると、一口吸ったが、すぐにせき込んだ。「煙草が混ざってるわ」と抗議した。

「混ざるもんだけど」とハムサは怪訝そうな顔でいいながら、パイプを口にはこんだ。

「もう一度、試させて」と女がいうと、ハムサはパイプを渡した。今度はそっと吸ってみた。せき込まなかった。「いいキフだわ」と認めた。そしてお茶を一口すすった。

「そうね」しばらくしてから女はいった。「フクロウには羽が何枚あるのかしら？」

いい兆候だとハムサは心の中で思った。女はその気になっていた。手をのばし、女の足を触った。女はいやがらなかった。

「何度キスしていい？」

「羽の数だけでしょ？」と女は答えた。

55

「これで二百回目？」

「もうわからなくなったわ」

ハムサは毛皮の上に女を寝かせた。

「待って」と女はきっぱりした声でいった。「さきにフクロウを放してやって」

「Uaja, uaja.（わかった、わかった）」ハムサは立ち上がると、フクロウのそばへ行ってひざまずいた。フクロウは頭を回して、羊の毛皮の上に寝そべっている女を見た。ハムサはフクロウの脚の結び目をほどきはじめた。気が急《せ》いた。

自由になったフクロウは、小屋の片隅に飛んで木の台の上にとまった。ハムサから離れて、ひと声鳴いた。

「戸を開けてやって」と女はいった。

ハムサは、駄目だと答えた。

「あとからあんたが出してやればいい」

フクロウはハムサに近づかないようにしながら木の台から戸口に飛んだが、ふいに方向を変えて、止まり木に戻った。女はそばにひざまずいているハムサを見ていた。羊飼いはガンドゥーラを脱ぐと、だぶだぶのズボンのボタンを外しにかかった。

「あら」と女が声をあげ、起きあがった。驚きの目でハムサの割礼を受けた性器を見た。巨大であった。

ハムサは服を脱ぎつづけた。

「どうしたんだ?」といった。

女はのけぞって、顔をこわばらせていた。

ハムサの、独立した生き物のように息づく褐色の陰嚢《いんのう》に、エンドウ豆ほどの灰色がかった赤っぽい染みがあった。そして、陰毛が一本生えるその中心に、膿《うみ》のようなものが見えた。

ハムサは自分のその部分に目を向けた。

「どうってことないんだ」とのどの奥でつぶやいた。「さあ、あんたも脱げよ」

「わるいけど、ハムサ。こわいわ」女はさっと立ち上がった。

「いいから、来いよ」ハムサは女の腕をつかもうとした。

「わるいけど、やめとくわ、ハムサ。フクロウの話は忘れて。ごめんなさい。帰るわ」

「待てよ！」ハムサは腕をのばしたが、女はのがれた。

フクロウは戸口めがけて飛びだし、布地にぶつかった。女はセーターとサンダルを拾いあげながらフクロウのあとを追った。

小屋の外でハムサは半裸のまま数歩追いかけたが、立ち止まった。体にくい込む痛みをおぼえながら、こぶしを握りしめた。

フクロウは家畜囲いや小屋の上を、低く円を描きながら舞った。やがて切り立った断崖のほうへ下りていった。岩場に沿って強い向かい風を受けながら、日がすでに色濃く陰《かげ》ったあたりをめざした。岩場のすき間に巣があり、その入口に二羽のハヤブサの姿が見えた。断崖のへりに建つピンク色の小さな家の屋根に舞い下りて、少し羽を休めた。風に逆らって飛びつづけるには風が強すぎたのだ。だが家の中には人がいるようだった。ふたたび宙に飛んで風に乗った。行く手は、陽光が消えかかり、大地が途切れ、大海原だけが広がっていた。羊飼いの小屋の上空を通るとき、高度をあげた。はるかな高みから女の姿が見えた。靴をはいており、塀のあいだの舗装された道路わきの草地を足早に歩いていた。さらに丘のてっぺんまで舞い上がると、遠くに点々と潤んだような光が見えた。丘の斜面に白い家々が広がり、それが乾燥してひび割れた大地の上をうねうねとつづいていた。高度を落として、木々をかすめるように飛んでいくと、鬱蒼《うっそう》とした森の中に無人の大きな家があった。窓から中に入ると、そこを根城にしていた鳥たちの鳴き声に出迎えられた。廊下をとおって部屋から部屋へと飛んでいった。ようやく屋根裏部屋にたどり着いたところで、ざらざらした黒っぽい壁に手ごろな窪みをみつけた。天井はところどころ瓦が抜け落ち、床板も壊れ、部屋はぼろぼろに朽ち果てていた。

訳者あとがき

ロドリゴ・レイローサの小説を翻訳するのは、これで三冊目である。昨年は、『その時は殺され……』と『船の救世主』を訳した。それらの「あとがき」でもレイローサについて、いくらかのことを書いたが、今回も似たようなことを書くほかなさそうだ。その生い立ちや経歴にまつわることを、もう少し詳しく書きたいところだけれど、残念ながらそのあたりのことを述べた文章はなかなか見あたらない。『船の救世主』の仏訳版が最近刊行され、フランスのいくつかの新聞や雑誌にインタビューが載ったりしたが、やはりそこでもレイローサは、自分のことをあまり語っていない。故意に避けているのか、聞き手が立ち入ったことを聞かないのかよくわからないが。

ロドリゴ・レイローサ（Rodrigo Rey Rosa）は、一九五八年に中米グアテマラに生まれ、世界的に活躍しているラテンアメリカの作家のうちで最も若い世代に属する。この本のそでに掲げてある写真は、レイローサの著作にずっと使われてきたものだが、おそらく三〇歳くらいのころのものだろう。直接レイローサに会った人の話によると、年齢より若く見え、どこかモロッコ人を思わせる風貌があるらしい。七年ほどモロッコで暮らしたためかもしれない。「一日の大半は、夢見ることに、人と話すことに、本を読むことに、そして文章を書くことに費やしている。この順番がぼくにとっては大切なのだが……」と語ったことがあるが、順番というのは、優先順位のことで、なるほど、どこか夢見ているような、その眼差しは印象的である。

十八歳のときにレイローサは、内戦状態のグアテマラをきらって、ニューヨークに向かった。父親が商売で財をなしていたから、それが可能だったのかもしれない。ニューヨークでは四年ほど映画の勉強をしたが、いくつかの単位を取りそこねて、卒業にこぎつけていない。そのころにはすでに関心は小説に移っていたという。そんな折りに、タンジェ（タンジール）でポール・ボウルズが、夏のあいだ創作ワークショップの講師をつとめると聞いて、勇んでモロッコへ旅立った。

ポール・ボウルズは、三十代のころからタンジェに住みついたアメリカ文学の伝説的な作家だが、『シェルタリング・スカイ』や『優雅な獲物』などの傑作で知られ、日本にも熱烈な愛読者がいる。レイローサがタンジェを訪れたとき、ボウルズは七十歳を越えていたが、中米からやってきた若者のつづる、夢の切れ端のような、ふしぎな雰囲気の物語にたちまち心ひかれ、それらの小さな断片を、自らひとつまたひとつと訳していった。スペイン語版に先がけて英訳の『乞食のナイフ』が刊行されたのは一九八五年で、タイムズ紙文芸付録において激賞された。ボウルズはその後もレイローサの作品を訳しつづけ、『静かな湖面』や『樹林の牢獄』をポール・ボウルズ訳で読むことができる。

レイローサはボウルズが亡くなったあとの、ごく最近のインタビューで、「ポール・ボウルズから具体的なアドバイスはとくに受けることはなかった。原稿は完成してから見せるようにしていた。彼の存在そのものが自分にとって励みだった。ボウルズとのあいだには、感覚や精神に似通ったところがずいぶんあった」と語っている。似通ったところというのは、たぶん夢や幻覚への関心、ノマド的な感覚やコスモポリタン的な嗜好のことをさしているのだろう。

ところでレイローサも、ボウルズの小説をいくつかスペイン語に訳している。ぼくの手元にある『世界の真上で』や『国を遠く離れて』を読むと、ついレイローサが書いた小説かと錯覚してしまうところもある。ポール・ボウルズの小説を読んだり、訳したりする作業を通じて、レイローサがさまざまな小説のテクニックを学んでいったのは確かだろう。一九九〇年代に入ると、しだいに息の長い小説を手がけるようになった。――『セバスティアンの夢』(九四)や『片脚の善人』(九六)、あるいは『その時は殺され……』(九七)などだ。今回訳出した『アフリカの海岸』(九九)は、現時点でレイローサの最新作であり、小説家としての歩みにおいて、いよいよ新境地を切り開いた作品であるといえる。

*

『アフリカの海岸』の羊飼いの少年ハムサは、呪術の力を信じ、羊の番をしながら楽器をかき鳴らし、小さな小屋にひとりで住んでいる。キフを吸い、弟のような少年や家畜と交わり、小屋を訪れた白人の若い女性にも触手をのばす。神話の中の人物を思わせるこの若者は、あるときは少年のようであり、あるときはすでに一人前の大人のようにも見える。そしてフクロウの目玉を煮込んで、お守りをつくりたいと考えているのだ。

フクロウが何ものなのかを説明するのは少々難しい。タンジェの道端で売られているのを、主人公のコロンビア人が見つけ、買ってかえるのだが、それがもとでホテルを追い出されてしまう。けっきょく主人公とフクロウはタンジェの街をさすらうことになるが、その間に、いろんな危険な目にもあう。フクロウをめぐるそれらの小事件をつなぎ合わせていくと、『アフリカの海岸』のストーリーの全容を浮かび上がらせることもできそうだが、たぶんそれではこの作品の面白さが伝わらないだろう。『アフリカの海岸』でわれわれを驚かすのは、そうした表層的な物語の背後に編まれた目に見えぬ運命の網の目だろう。物語の多義性、多層性、そしてその背後にひそむそこはかとない神秘が、この小説の最大の魅力である。

＊

ぼくはタンジェには行ったことがないけれど、この数ヵ月、北アフリカのこの名高い都市に、しばしば思いを馳せることになった。——青い空に映える土色の城壁や旧市街の入り組んだ路地、雑多な商品の並ぶプチ・ソッコやグラン・ソッコのにぎわい、礼拝の時間を告げるムアッザンの詠唱……。そして丘にのぼると、目の前に紺碧の海、はるか遠くにリフ山脈……。

『アフリカの海岸』を翻訳するのは楽しい作業であった。レイローサの透明感のある文章は、何度読み返しても心地よかったし、モロッコについてのガイドブックや写真集をひもとくのも新鮮な体験だった。しかし正直いって、あれこれ調べなければ、安心して訳せない小説でもあった。手探りでおぼつかなく訳したところもある。そしてけっきょく、今回はいつにも増して、いろんな方のお世話になった。とりわけ「モロッコ旅のまよいかた」のホームページを主宰し、おびただしい数の質問にすばやく答えてくださった yama-san こと和田麻弥さんと、スペイン南部の出身で、さまざまな外国語に堪能な清泉女子大学の同僚 Juan Benavides 氏に感謝しなければならない。家人はいつものように日本語を整えてくれたし、現代企画室の太田昌国氏と唐澤秀子さんは、いつものように丹念に訳文を読んでくださった。あとは『静かな湖面』と『樹林の牢獄』を訳せば、一段落かなと話し合っているところである。

March 15, 2001　　杉山　晃

装丁――本永惠子
カバーイラスト――木檜朱実

【訳者紹介】

杉山　晃（すぎやま　あきら）

1950年ペルー、リマ市に生まれる。
現在、清泉女子大学教授。ラテンアメリカ文学専攻。

［著書］『南のざわめき』『ラテンアメリカ文学バザール』（いずれも現代企画室）。

［訳書］バルガス＝リョサ『都会と犬ども』（新潮社）、アレナス『めくるめく世界』（共訳、国書刊行会）、ルルフォ『燃える平原』（水声社）、同『ペドロ・パラモ』（共訳、岩波文庫）、アルモドバル『パティ・ディプーサ』（水声社）、同『オール・アバウト・マイ・マザー』、アルゲダス『深い川』、同『ヤワル・フィエスタ』、セプルベダ『センチメンタルな殺し屋』、レイローサ『その時は殺され……』、同『船の救世主』（以上、いずれも現代企画室）。

アフリカの海岸

発行　二〇〇一年九月二〇日　初版第一刷二〇〇〇部
定価　一八〇〇円＋税
著者　ロドリゴ・レイローサ
訳者　杉山　晃
発行者　北川フラム
発行所　現代企画室
101-0064　東京都千代田区猿楽町2-2-5　興新ビル302
電話03-3293-9539　FAX03-3293-2735
E-mail　gendai@jca.apc.org
URL　http://www.shohyo.co.jp/gendai/
振替　00120-1-116017
印刷・製本　中央精版印刷株式会社
ISBN 4-7738-0110-7 C0097 Y1800E